btb

Buch

Kathleen Hennessy hat kein einfaches Leben. Aufgewachsen in den Arbeitervierteln der Industriemetropole Detroit, zuerst in einem zerrütteten, gewalttätigen Elternhaus, später bei Pflegeeltern, erfährt sie nur wenig Zuneigung. Dies ändert sich auch in ihrem erwachsenen Leben kaum, obwohl die unauffällige, effiziente Art, mit der sie ihrem Beruf als Schwesternhelferin nachgeht, im Krankenhaus sehr geschätzt wird. Dann verliebt sie sich in einen jungen Arzt und muß erkennen, daß dieser sie nur ausnützt. Hinter der Maske stiller Duldsamkeit wächst ihr Zorn, und Kathleen Hennessy beschließt, sich zu rächen.

»Der Zorn des Engels« ist ein beklemmend glaubwürdiger, gnadenlos realistischer, psychologisch einfühlsamer und vor allem spannender Einblick in die Abgründe menschlicher Einsamkeit.

Autorin

Joyce Carol Oates zählt neben Margaret Atwood seit langem zu den wichtigsten amerikanischen Autorinnen. Geboren 1938, wuchs die Autorin in Lockport im Staat New York auf. Seit 1978 lehrt sie an der Princeton University Englische Literatur. Für ihre Romane, Erzählungen, Gedichte und Theaterstücke wurde sie mehrfach ausgezeichnet, u. a. mit dem renommierten »National Book Award«.

Joyce Carol Oates bei btb

Foxfire. Roman (72159)

Aus Freude am Lesen

Joyce Carol Oates

Der Zorn des Engels

Roman

Aus dem Amerikanischen von Antje Althans

btb

Die Originalausgabe erschien 1991
unter dem Titel »The Rise of Life on Earth«
bei New Directions, New York

Umwelthinweis:
Alle bedruckten Materialien dieses Taschenbuches
sind chlorfrei und umweltschonend.

btb Taschenbücher erscheinen im Goldmann Verlag,
einem Unternehmen der Verlagsgruppe Bertelsmann.

1. Auflage
Deutsche Erstveröffentlichung Dezember 1997

Umschlaggestaltung: Design Team München
Umschlagmotiv: Edward Hopper
Satz: IBV Satz- und Datentechnik GmbH, Berlin
MD · Herstellung: Augustin Wiesbeck
Made in Germany
ISBN 3-442-72246-2

FÜR ALLE KATHLEENS

Das Bild muß von sich Licht geben,
die Körper haben ihr eigenes Licht, das sie
beim Leben verbrauchen; sie verbrennen,
sie sind unbeleuchtet.

Egon Schiele in einem Brief, 1912

Teil Eins

1

Was konnte sie denn dafür, wenn die Leute sie falsch einschätzten. Sie log selten. Dazu war sie zu stolz. Deshalb verstellte sie sich auch nicht.

Als sie zum Beispiel ins Kinderkrankenhaus eingeliefert wurde, wunderten sich die Schwestern, daß sie erst elf war. Eine von ihnen rief: »Das glaube ich einfach nicht. – *Die? – Die da?*«

Kathleen Hennessy mit dem Mondgesicht, runden, frühreifen Brüsten und dem blassen, molligen, scheinbar formlosen Körper einer Schnecke, die ihr Gehäuse verloren hat; mit den hohlen, dunklen Augen, die aufgeweckt leuchteten, aber keine Gefühlsregung verrieten; mit dem zarten Gesicht, das von kleinen Pickeln übersät war und aussah wie ein Streuselkuchen. Es lag etwas beunruhigend Erwachsenes in ihrer stoischen Art, mit Schmerzen und den extremen körperlichen

Demütigungen fertig zu werden, die sie im Krankenhaus ertragen mußte. Ihr kleiner, kecker, feuchter, rosa Kirschmund hatte etwas Frühreifes an sich – ein Miniaturmund, der an einen intimen Teil der weiblichen Anatomie erinnerte, der eigentlich nicht für fremde Augen bestimmt war.

Sie hatte kein einziges Haar auf dem Kopf, so, als hätte sie nie welches gehabt. Verfilzte Locken, in der Farbe von Sägespänen und genauso leicht gekräuselt. In der Notaufnahme hatten sie es ihr büschelweise abschneiden müssen und dann abrasiert, um ihre Kopfverletzungen behandeln zu können. Vielleicht hätten sie ihr die Haare sowieso geschoren, um die Läuse zu bekämpfen.

Als Kathleen gegen Ende ihres Klinikaufenthaltes anfing, bestimmte Schwestern anzulächeln, die netten, die freundlich zu ihr waren, fiel allen plötzlich auf, daß ihr Gesicht und sogar ihr schwabbeliger Körper ein beinahe hoffnungsvolles Strahlen ausdrückten. Natürlich lächelte Kathleen Hennessy nicht oft.

Am frühen Morgen des 6. April 1961 war Kathleen mit dem Krankenwagen in das Kinderkrankenhaus in Detroit, Michigan, gebracht worden. Sie hatte eine Gehirnerschütterung, gebrochene Rippen, einen gebrochenen Finger, ein blaues Auge, mehrere blutende Wunden und Prellungen am Kopf, im Gesicht, am Oberkörper und an den Beinen. Ihr Vater hatte sie im Alkoholrausch fast zu Tode geprügelt, nachdem ihre Mutter aus der gemeinsamen Unterkunft im Motor City Inn in der Lower Dequindre Street verschwunden war. Mr. Hennessy hatte, wie es beschrieben wurde, in einem »Tobsuchtsanfall« Kathleen und ihre sechsjährige Schwester Nola zusammengeschlagen: Nola kam nicht wieder zu Bewußtsein und starb auf dem Weg zur Klinik im Krankenwagen. Daß ihre kleine Schwester *gestorben* war, also *tot* war, und daß man Mr. Hennessy festgenommen und im Hochsicherheitstrakt des Gefängnisses eingesperrt hatte, weil man ihm Mord, schwere Körperverletzung und Widerstand gegen die Staatsgewalt vorwarf – darüber informierte Kathleen niemand. Trotz ihrer dumpfen Empfindungslosigkeit schien sie dennoch Bescheid zu wissen. Auch darüber, daß ihre Mutter niemals kommen würde, um sie zu holen. Und genauso kam es auch.

Aber es war schon ein kleines Wunder, wie dieses mißhandelte Kind im Krankenhaus nach und nach aufblühte, zuerst langsam und dann immer schneller, sogar im überfüllten staatlichen Krankensaal mit sechzehn Betten, wo ständig

Tumult herrschte. Trotz ihrer Verletzungen, der demütigenden Glatze, und obwohl sie keinen Zufluchtsort hatte. So ähnlich wie die Blüten an den Hortensien, die ihr die Schwestern manchmal mitbrachten. Keine richtigen Geschenke, aber sie überreichten sie ihr lächelnd, als wären es welche – Gegenstände, die sie ganz unschuldig in den Zimmern verstorbener Patienten erbeutet hatten. Denn die harte Realität im Kinderkrankenhaus sah so aus, daß schmerzerfüllte Familienangehörige, gelähmt vor Erschütterung, wenig Lust hatten, die traurige Ansammlung von Blumen, Süßigkeiten, Stofftieren, Büchern und ähnlichen Dingen, die man solchen Patienten mitbrachte, mit nach Hause zu nehmen. »Kathleen, hier ist was Schönes für dich«, riefen die Schwestern dann, »nur für dich.« Denn Kathleen Hennessy bekam nie Besuch, außer ab und zu vom Sozialamt, also auch keine Geschenke. Trotzdem beklagte sie sich nie. Sie war so sanft und anscheinend so gutmütig. Wenn nur alle Patienten wie Kathleen Hennessy wären! Darin waren sich die Schwestern einig. Immer wieder Blutabnahme, zwei Rückenmarkpunktionen, Gehirnscans, Infusionen, zeitweise sogar ein Katheter. Kathleen ertrug solche Prozeduren mit der inneren Stärke eines Erwachsenen, wie sie in Wirklichkeit kaum ein Erwachsener besitzt. Selbst die unerträglichsten Schmerzen, zum Beispiel durch die Rückenmarkpunktionsnadel, weckten in ihr keine Schmerzensäußerungen. Sie schrie nicht, sie wehrte sich nicht. Schauder durchliefen ihren Körper, der kalte Schweiß brach ihr aus. Sie verdrehte die Augen, wenn sie »*Oh*« hauchte, ein unterdrückter, zaghafter Laut. »*Oh oh oh*«. Was ihr Vater ihr angetan hatte, schien das Mädchen so dauerhaft traumatisiert zu haben, daß ihr etwas anderes keine rückhaltlose Reaktion entlocken konnte.

Einige Schwestern wetteiferten darin, ihr Freude zu bereiten. Eine hieß Betty Lou und eine Hazel, beides ältere Frauen, Mütter, deren Kinder schon lange aus dem Haus waren. Sie liebten es, Kathleen Hennessy zum Lächeln zu bringen. Es war ein plötzliches, erschrecktes und fast hübsches Lächeln, das ihr schlaffes, blaßgelbes Gesicht lebendig machte. Das leise, verlegene Murmeln »... oh, danke«, kaum hörbar. Aber an ihren Augen konnte man erkennen, wieviel die Geschenke ihr bedeuteten: eine entwendete Pralinenschachtel, ein Stoffpanda mit unecht glänzendem Fell, unbenutzte Malbücher und eine Hortensie mit großen, blauen Blüten, die gefärbt aussahen, aber echt waren.

Doch meistens war Kathleen Hennessy stumm und gedankenverloren: vielleicht auch nicht gedankenverloren, sondern verträumt, träge und ausdruckslos. Der linke Daumen steckte locker im Mundwinkel und war feucht von Spucke. Sie wartete auf niemanden, der sie abholen würde; sie schien das Krankenhaus nicht verlassen zu wollen oder auf ihre Entlassung zu hoffen. Da das Personal inzwischen wußte, daß sie erst elf war, und nicht fünfzehn oder sechzehn, schrieben sie ihre Passivität ihrem Alter zu. Sie ignorierte die Unterhaltungen an den anderen Krankenbetten ihres Saals oder hörte sie wirklich nicht; nur selten nahm sie Bemerkungen zur Kenntnis, die an sie gerichtet waren, außer von Schwestern, Medizinalassistenten und Assistenzärzten, die sie kannte. Im Aufenthaltsraum sah sie nicht fern, sondern schaute nur in die Richtung des Apparates, weil ihr Blick von den Bewegungen auf dem Bildschirm angezogen wurde; ansonsten war sie desinteressiert. Sie wurde sichtbar kräftiger und aß mit mehr Appetit. Ihre Kiefer mahlten langsam, mit dem Pflichtbewußtsein und der Gier eines Insekts. Die kleinen dunklen Hohlaugen funkelten, und der ganze Körper war mit Schlucken beschäftigt, so daß Betty Lou oder Hazel manchmal sagten:

»Braves Mädchen, Kathleen«, und sich mit mütterlichem Lächeln über sie beugten: »Was für ein *braves Mädchen.*«

Es war auf der Station bekannt, daß Kathleen Hennessys Vater sie geschlagen und ihre jüngere Schwester getötet hatte. Warum, wußte man nicht.

Wo Kathleens Mutter sich aufhielt oder ob sie noch lebte, wußte auch niemand so genau.

Die Schwestern waren erbost: »Ist das nicht traurig! – Tragisch! – Glaubt ihr, sie spricht irgendwann darüber?«

Und: »Ist sie nicht tapfer? – Glaubt ihr, sie erinnert sich dran?«

Und dann, am allerheftigsten: »Guter Gott, was für eine *Heilige*! Und noch so *jung*!«

Nach sechsundzwanzig Tagen im Kinderkrankenhaus wurde Kathleen entlassen und mußte an die Kinderfürsorge in Wayne County verwiesen werden, weil weder die Mutter noch Verwandte aufgetaucht waren, und Mr. Hennessy im Gefängnis war und die Kaution nicht aufbringen konnte. Als sie gehen wollte, nahmen die Schwestern, die ihre Freundinnen waren, sie zum Abschied in den Arm. Sie strengte sich an, die Umarmung zu erwidern, ungeschickt und scheu, da sie nicht an ein solches Übermaß an Zuneigung gewöhnt war, mit gerötetem Gesicht und tränenfeuchten Augen. Da war Hazel, die nach Hefe roch und ihr einen nassen Kuß auf die Wange gab. Da war Betty Lou, stämmig, mit großen Brüsten, eine ältere Ausgabe von Kathleen Hennessy selbst. Betty Lou mit den hellen Augen im rosigen Gesicht hatte Kathleen oft Überraschungen und Leckerbissen gebracht. Und jetzt zum Abschied drückte diese Frau Kathleen einen geheimnisvollen Gegenstand in die Hand, den das Mädchen erst für eine Kristallperlenkette hielt, oder waren es sogar echte Juwelen? Ihre achtflächige Form, ihre präzise geschliffenen, glitzernden Facetten, so hübsch und so unerwartet! Und an einem Ende hing ein winziges silbernes Kreuz mit einer winzigen silbernen Figur, die einen Mann darstellen sollte. Er war fast nackt und hatte Arme und Beine ausgestreckt. Kathleen starrte darauf, und Betty Lou, die nach Desinfektionsmittel und Talkumpuder roch, umarmte Kathleen besonders stürmisch und sagte ihr grimmig ins Ohr: »Das ist ein Rosenkranz, Kathleen. Du wirst schon noch rausfinden, wozu der gut ist.«

2

In der hochsommerlichen Julihitze des Jahres 1961 wurde Joseph Hennessy, zweiundvierzig, arbeitslos, ehemaliger Metallarbeiter, in Detroit dem Bezirksrichter vorgeführt. Er war nicht vorbestraft, hatte aber beim Sozialamt den Ruf, ein »schwieriger« Fall zu sein. Man beschuldigte ihn des Mordes, der schweren Körperverletzung und des Widerstands gegen die Staatsgewalt. Auf sein verfassungsmäßiges Recht auf eine Geschworenenverhandlung hatte er verzichtet. Er hatte auch den dringenden Rat seines Anwalts abgelehnt, sich schuldig zu bekennen und auf Totschlag zu plädieren.

Warum sollte er sich schuldig bekennen, wo er doch unschuldig war? Also schüttelte Hennessy durchtrieben den Kopf, grimmig und grinsend, und gab einen schrillen, freudlosen Laut von sich. Es klang wie eine Dampflok, sollte aber ein wissendes, ironisches Lachen sein und ausdrücken: »Ich doch nicht. Ihr Scheißkerle, ich bestimmt nicht.«

Joseph Hennessy behauptete, keine seiner Töchter je geschlagen zu haben, schien aber bereit zu glauben, daß eine oder sogar beide tot waren. Es war, als hätten sie aufgehört zu existieren, also gab es auch keine Verbindung zu ihm, also war er in allen Anklagepunkten unschuldig. Er murmelte vor sich hin und lachte: »Scheißkerle, Scheißkerle.« Er konnte nicht zusammenhängend darüber berichten, was am Morgen des 6. April 1961 zwischen Mitternacht und vier Uhr morgens in dem Zimmer des Motor City Inn geschehen war, das er seit dem Winter mit seiner Familie bewohnte. Dafür sprach er oft und aufgeregt von seiner Frau, der er die Schuld für seine Festnahme gab, sie mache immer Ärger. Er schien zu glauben, sie hätte die Polizei angerufen und auf der Hauptwache gegen ihn ausgesagt und daß sie irgendwo in der Nähe des Gerichtssaals war, vielleicht sogar zuhörte. Er war ziemlich fett, muskulös, ein Mann mit kugelrundem Kopf, etwa 1,60 Meter groß, und wog 95 Kilo. Sein Haar wurde dünn und war farblos wie verdorrtes Gras; er hatte die rissige und pockennarbige Haut eines Alkoholikers und einen kleinen, fleischrosa Mund, der sich zusammenzog, wenn er gesprochen hatte, als wollte er die Worte zurücknehmen. Er schien kein Kinn zu haben, und sein dicker Hals war wie ein massiver Baumstamm mit dem Rücken verwachsen.

Der junge Mann von der Anwaltschaft des Staates Michigan, der sein Pflichtverteidiger war, der junge Mann von der Wayne County Bezirksanwaltschaft, der sein Ankläger war, sogar die kräftigen, bewaffneten Polizeiwachen, die ihn in dem stickigen kleinen Gerichtssaal im vierten Stock des City-County Gebäudes in der Woodward Avenue beaufsichtigten, sie alle nahmen sich instinktiv vor ihm in acht und waren in Alarmbereitschaft. Wenn er auch die meiste Zeit während der Verhandlung praktisch stumm blieb, erweckte er doch den Eindruck, als könne er sich nur mühsam beherrschen: wie ein Erdrutsch, der sich demnächst den Berg herunterstürzt, ein Pulverfaß, das bald explodieren wird, zwar nur einmal und unerwartet, aber mit tödlicher Wirkung. Er grinste oft, murmelte etwas hinter seiner Hand und gab den Dampflokton von sich.

Während der Aussage eines Mannes, der als

Manager des Motor City Inn identifiziert wurde, sprang er plötzlich auf und begann zu schreien und wild zu gestikulieren. Sein Gesicht war wutverzerrt und feuerrot. Innerhalb von Sekunden hatten die Wachen ihn zu Boden gerungen und beförderten ihn dann gekonnt, sogar elegant, zurück auf den Stuhl. Das nahm weniger Zeit in Anspruch, als man gebraucht hätte, um die ganze Prozedur zu beobachten oder gar in sich aufzunehmen. Und jetzt hatte sich diese elektrische Energie endlich entladen. Die Wachen und der Angeklagte mit dem Stiernacken hatten ihre Beziehung zueinander geklärt, ganz unabhängig und dann doch wieder abhängig von ihrer Beziehung zu den anderen Menschen im Gerichtssaal. Den Männern in Anzügen, mit Krawatten und langärmligen Hemden, die sie trugen, um die Angemessenheit der Manschetten an ihren Handgelenken zu demonstrieren. Diese gepflegten Männer mit dem zivilisierten Gesichtsausdruck und der Angst in den Augen, die keine noch so große Autorität völlig verscheuchen konnte. Jetzt, wo die Grenzen gesetzt waren, saß Joseph Hennessy zusammengekauert und auf mürrische Art respektvoll in dem stickigen Raum. Fast verächtlich unterließ er jede Unterbrechung, als mehrere Zeugen der Anklage nacheinander vor den molligen, relativ jungen Richter mit Brille traten, ordnungsgemäß identifiziert und vereidigt wurden und aussagten, was angeblich im Zimmer der Hennessys geschehen war, was sie mit eigenen Augen gesehen oder mit eigenen Ohren gehört hatten oder was sie annahmen.

Der rote große Zeiger bewegte sich innerhalb seiner Grenzen auf dem Ziffernblatt einer antiquiert aussehenden Uhr, die hoch oben an der hinteren Wand über der Tür hing; vorne im Raum zog die schlaffe, aber trotzdem prunkvolle und prächtige Flagge der Vereinigten Staaten von Amerika die Blicke auf sich. Sonnenstrahlen, die durch die verschmutzte Stadtluft sichtbar und weich wie Gazestoff geworden waren, fielen durch die breiten, alten Fenster mit Blick auf einen perspektivisch verzerrten Häuserblock in der Woodward Avenue, die südlich des Flusses verlief. Was hatten diese Worte, diese Aussagen schon mit den wütenden Fäusten eines Mannes zu tun, mit den Stiefeln eines Mannes, die auf einen weichen Körper eintraten! Wie schwach sie doch klangen, wenn man sie mit dem Wüten eines Stuhlbeins verglich, das in der Hand eines kräftigen Mannes geschwungen wurde! Hennessy zog die bulligen Schultern zusammen und verzog verächtlich das Gesicht. *Mich kriegt ihr sowieso nicht*, schien er herausfordernd zu sagen, *ihr wißt ja nicht mal meinen richtigen Namen.*

Aber die verantwortlichen Männer mit den Anzügen, Krawatten und den sauberen, adretten Sommerhemden fuhren mit der Tagesordnung fort. Es war ihre Tagesordnung – damit verdienten sie ihren Lebensunterhalt. Abgesehen von der Trumpfkarte der Anklage, Kathleen Hennessys Aussage auf Tonband, und einer Auseinandersetzung zwischen dem Richter, dem Ankläger und dem Anwalt der Verteidigung darüber, ob sie als Beweis zulässig sei, schien Joseph Hennessys Verhandlung eine buchhalterische Prozedur zu sein, eine rechtliche Dokumentation, mechanisch und vorhersehbar wie die Bewegung des Uhrzeigers. Hennessy hielt sich voll Verachtung aus allem heraus. Er schniefte, er räusperte sich laut und spuckte Schleimbrocken in ein sowieso schon schmutziges Kleenex. Der junge Richter nahm die Brille ab, putzte schnell die Gläser und setzte sie wieder auf. Er betrachtete Joseph Hennessy durch einen Filter diskreter Abscheu, wie ein vorsichtiger Mann vielleicht eine Sonnenfinsternis durch dunkel getöntes Glas betrachten würde. Denn hier war ein Mann, der im Alkoholrausch seine beiden kleinen Töchter zusammengeschlagen und eine davon mit mehreren Schlägen auf den Kopf getötet hatte und keinerlei Gewissensbisse deswegen zu haben schien. Außerdem, und das war sogar noch erstaunlicher, schien diese Gewissenlosigkeit keineswegs ungewöhnlich für ihn zu sein. Er konnte auch nicht einschätzen, welche Auswirkungen das auf die Personen hatte, die über sein Schicksal verhandelten; darüber, wieviel Jahre er in einem Gefängnis Michigans zubringen würde. Er bewegte sich unruhig auf seinem Sitz, als ob seine Hose zu eng wäre; er spuckte einen großen, glänzenden Schleimbrocken in ein Taschentuch. Wie gelangweilt er war, wie desinteressiert.

Und dann wurde Kathleen Hennessys dreiviertelstündige Aussage vom Tonband abgespielt, trotz des Einspruchs der Verteidigung.

Plötzlich schien Joseph Hennessy aufzuwachen und wirklich zuzuhören. Er saß jetzt aufrecht und aufmerksam da, den Kopf hatte er in einem unbequemen Winkel nach hinten geneigt, und mit aufgerissenen Augen starrte er an die Decke. Kathleen Hennessy die »überlebende« Tochter, war erst elf Jahre alt und durfte daher nicht vor Gericht aussagen oder ins Kreuzverhör genommen werden. Jetzt ertönte ihre Stimme unnatürlich laut vom Tonband, mit einer Autorität, die keine der Stimmen vorher gehabt hatte. Sie sprach langsam, tastend, verwundert. Ihre Worte schienen unzusammenhängend wie die Bewegungen eines Schlafwandlers, langsame, eintönige, vage Worte, mit Anstrengung ausgesprochen, mit zischenden Pausen wie unartikulierte Sprache zwischen den Worten, die Wortzwischenräume wie mit statischer Elektrizität aufgeladen:

...Daddy... hat mich geschlagen, Ich weiß... nicht warum Ich... weiß nicht, ob ich unartig war.

Er... hat mich geschlagen und und Nola...

Wir lagen im Bett, und er hat mich geweckt, er... hat mich geschlagen... er schlug zu und... Er... fragte, wo Mama ist, aber ich... Nola hatte Angst, sie... weinte, Ich habe versucht unters Bett zu kriechen, aber...

Daddy hatte einen Stock in der Hand... Ich war unartig, glaub' ich, und Nola, sie...

Ich konnte nicht... Ich weiß nicht, warum er uns geschlagen hat, ich... weiß nicht, warum

Ich... habe geweint.

Und so ging es weiter fünfundvierzig Minuten lang im stillen Gerichtssaal, und alle, fast ausschließlich Männer, hörten konzentriert zu, den unbehaglichen Pausen zwischen den Worten genauso wie den Worten selbst, der Stimme dieses körperlosen Kindes, die so tiefgründig war, gerade weil sie körperlos war. Dieser langsamen, eintönigen, bedrückten, betäubten, hypnotisierten Stimme, die nicht zur Täuschung fähig, willenlos zu sein schien. Und als das Band zu Ende war, beriet sich Hennessys Anwalt mit dem Angeklagten, der sich nun schwer erschüttert zeigte. Sein Gesicht hatte die Farbe von nassem Zeitungspapier angenommen, der Mund war in die verkniffene kleine Öffnung unter der Nase mit den geplatzten Adern eingesogen. Und die kleinen, verschlagenen Augen blickten gehetzt von einem zum anderen, um herauszufinden, wie schlimm es stand, wie schlimm es wirklich um ihn stand, wie schlecht er von diesen Männern beurteilt wurde, die für Recht und Ordnung verantwortlich waren. Anwalt und Klient entschieden nach hastiger Beratung, nun doch auf schuldig zu plädieren, wenn ein Handel noch immer möglich war: Hennessy würde sich mit Totschlag zufriedengeben und auch mit den anderen Anklagepunkten, wenn sie ebenfalls reduziert würden, damit man den Fall noch an diesem Morgen abschließen und das Gericht für den nächsten Fall räumen konnte.

Und so geschah es.

3

...das Kinderheim hinter dem hohen Drahtzaun in der Hogan Street, dann das von Asphalt umgebene Haus der Chesneys in der Eleventh Street – das erste Zuhause von mehreren, in denen Kathleen Hennessy vom Sozialamt untergebracht wurde. Immer wieder wurde ihr versprochen, daß ihr Vater ihr nie mehr weh tun würde, nie, nie wieder, sie würden sie für immer vor ihm beschützen. Diese Worte wurden ihr dargeboten wie ein Geschenk, das merkte man an der Selbstgefälligkeit der Behauptung und an den tränenfeuchten Augen der Frauen. Also schlug Kathleen sofort die Augen nieder, wie in Ehrerbietung, überwältigt von Dankbarkeit, Demut und Erleichterung. Sie preßte ihren kleinen Kirschmund zusammen, und die Röte stieg ihr ungleichmäßig ins Mondgesicht, während ihr Herz pochte: *Ich hab' ihn lieb, er ist doch mein Daddy. Fahrt zur Hölle, ihr Scheißtypen.*

Joseph Hennessy wurde in der staatlichen Männerstrafanstalt in Jackson, Michigan, eingesperrt. Wie lange, wußte Kathleen nicht. Über solches Wissen verfügte sie einfach nicht: Gesetze und Dokumente lagen außerhalb ihrer Vorstellungskraft. Wenn man es ihr erklärt hätte, hätte sie es sofort wieder vergessen – aus Demut. Urteile erhielten immer unbestimmte, zweideutige Sätze, wie Rauchfahnen, *von drei bis fünf Jahren, von zehn bis fünfundzwanzig Jahren, von fünfzehn bis fünfunddreißig Jahren*; wer verstand schon solche Rätsel? – Und eines Tages sollte er dort sterben, in Jackson, bei einer Messerstecherei mit einem anderen Gefangenen. Kathleen sah ihren Vater niemals wieder, aber sie erinnerte sich noch jahrelang lebhaft an ihn. Nachts, in dem ihr zugewiesenen Bett, bei einer der Pflegefamilien, denen sie zugeteilt wurde – den Chesneys, den Deitches, den Sweetmans, den McClures –, wachte sie plötzlich auf und sah, wie sich das aufgedunsene Gesicht zu ihr herunterbeugte. Die Glupschaugen, die wurmartigen Adern auf der Stirn, die Fäuste, die auf sie einschlugen wie Pferdehufe. – *Wo ist sie? Deine*

Mutter! Die dreckige Lügnerin! Die Schlampe! – Und Kathleen roch Whiskey und Kotze, während sie die Schläge ihres Vaters voll ins Gesicht und in die weichen, zusammenzuckenden Körperteile trafen, die im Schlafanzug ungeschützt waren. Wie ein Baby versuchte sie unter die Bettdecke zu kriechen, um zu entkommen. Mit dem Kopf zuerst verkroch sie sich unter der Decke, aber das machte Daddy nur noch wütender. Widerstand machte ihn nur noch wütender; Mama hatte gesagt: *Das wirst du schon lernen. Besser jetzt als später.* Aber trotzdem versuchte Kathleen zu entkommen, doch Daddy riß sie an den Beinen zurück und hob sie fast hoch, so stark war er. *Oh, Daddy, bitte nicht, Daddy.* Sie war zwar groß für ihr Alter, aber jetzt weinte sie, weil sie wußte, daß sie von ihm keine Gnade erwarten konnte. Babytränen und Babytritte machten Daddy nur noch wütender. Und jetzt hatte er ein abgebrochenes Stuhlbein in der Hand und grunzte, als er sich bückte und sie systematisch schlug, aufs Gesäß, auf den Bauch, auf die Brüste, seitlich auf den Kopf. Jetzt saß er auf ihr, mit vor Wut geschwollenem Gesicht und hervorquellenden Augen, und er keuchte und grunzte vor Anstrengung. Genau wie wenn er und Mama im Bett kämpften wie Ertrinkende, und Kathleen und Nola wach lagen und ängstlich zuhörten und nicht zu atmen wagten, bis es vorbei war und sie schlafen konnten. Und Daddy sagte: *Du weißt doch, wo sie ist! Du weißt doch, wo sie ist!* Und jetzt wollte Nola schnell weglaufen, aber Daddy griff nach ihr und hob sie mit einer Hand hoch. Ihre Beinchen traten zu, ihr kleiner Körper wand sich wie der eines Äffchens, als er sie schlug, schlug, schlug. Kathleen war benommen und sah das Zimmer in Brand stehen, sah Flammen aus den Lampen schlagen, aus ihrem eigenen Haar. Sie zerrte an Daddys Arm, damit er Nola losließ. Nolas Stimme erhob sich *Oh, Daddy, nein, Daddy, neiiin* zu einem schwachen Schrei. Und mit der gleichen Anstrengung, mit der man ein lästiges Insekt verscheucht, stieß Daddy Kathleen von sich und gegen die Wand und stolperte gegen den Fernseher, der von seinem Tischchen fiel. Und dann hörte Daddy auf, fluchte und keuchte, warf das Stuhlbein gegen die Wand und ging ins Bad. Und nach einer Weile kroch Kathleen über den Nylonteppich dahin, wo Nola lag und aus Mund und Nase blutete und weinte und nach Luft rang, um überhaupt weinen zu können. Und Kathleen dachte daran, daß Mama ihr die Verantwortung für Nola übertragen hatte; sie war doch Nolas große Schwester. Mama hatte sie geküßt und gesagt: *Und du paßt auf sie auf!* und war nach draußen gegangen, wo Mamas Freundin im Auto auf sie wartete. Mamas Freundin Jolene aus dem Schönheitssalon. Und Kathleen flüsterte Nola zu: *Sei still, Nola, sei still, sei still, still,* aber Nola hörte nicht; sie weinte jetzt wie ein Baby mit hohem, schrillem, schwachem Geheul. Kathleen hatte panische Angst, daß Daddy sich wieder auf sie stürzen würde; ihr Kopf tat so weh, sie blutete an mehr Stellen als sie aufzählen konnte. Aber als sie Nola anfaßte, trat Nola wie eine Katze um sich, und ganz in der Nähe war Daddy, im Bad, hatte die Tür offen und den Wasserhahn weit aufgedreht und führte wütend Selbstgespräche. Er redete mit Mama und zählte alles auf, was er ihr antun würde, wenn er sie in die Finger bekäme. *Miststück, Schlampe. Verlogene Schlampe. Ich reiß dir den Kopf ab.* Das letzte Mal, als er Kathleen geschlagen hatte, dröhnte und brummte ihr der Kopf noch tagelang, und Mama sagte mit dem kleinen, bitteren Lächeln: *Du wirst es schon lernen. Besser jetzt als später.* Und nun war Mama weggegangen und hatte sie verlassen, sie und Nola, und Nola machte manchmal ins Bett. Sie lag blutend auf dem Teppich und schnaufte und nagte am Nylonteppich, und Kathleen hockte über ihr auf ihrem dicken, mit blauen Flecken übersäten Gesäß. Sie spürte, wie Ameisen über ihre Haut liefen, winzige, brennende Ameisen, ja, und Käfer in ihren Haaren, die auf der Kopfhaut juckten und kratzten. Mama war jetzt weg, und Nola weinte und weinte wie ein Baby. Ihr Gesicht war naß von Tränen und Rotz und Blut, das aus der Nase rann. Und Kathleen bettelte: *Sei still! Sei still!* und dann schüttelte sie Nola in einem plötzlichen Wutanfall: *Verdammt noch mal! Du bist jetzt still! Willst du wohl –*

Und Nola schrie und trat nach ihr, als Kathleen sich auf sie setzte und ihren Kopf auf den Boden schlug, ihren blöden kleinen Kopf, ihre Rübe, ein Kopf wie von einer blöden Puppe. Kathleen hatte ihre Läuse von Nola, *sie wußte es,* jetzt wo Mama weggegangen war, *und sie haßte Mama auch.* Und die Wut überkam sie wie ein Feuer, und so konnte sie kaum sehen, wie sie Nolas Kopf packte und ihn fest und systematisch auf den Boden schlug, um sie zur Ruhe zu bringen. *Willst du wohl still sein! Du bist jetzt* – und dann schlug sie Nolas Kopf gegen die spitze Kante des Bettrahmens, gegen die spitze Eckkante, an der sich Kathleen immer ihr Schienbein aufschürfte. Und sofort, verblüffend plötzlich, hörte Nola auf zu schreien, wurde schlaff, ihr kleiner Körper schlaff, wie ein Täuschungsmanöver, als ob sie nur spielen würde. Wie ein Fernsehbild, das verschwindet, wenn man den Strom abstellt. Alles, was da war, Leben, Bewegung, Farbe, Menschenstimmen, Musik – all das verschwand in der Leere, die nicht einmal Leere war, sondern eine glänzende Glasoberfläche. Nichts Greifbares, nichts Konkretes, was man ertasten konnte, verwirrt und verwundert, wohin dieses Leben entschwunden war. Denn es war klar, man würde niemals wirklich herausfinden, wohin es gegangen war, oder warum es erst großartig, dann so plötzlich und so widerstandslos verschwunden war.

4

Mrs. Chesneys Vorname war Miriam, und dieser Name verdrängte den von Kathleens Mutter. Aber manchmal, bei bestimmtem Wetter, bei diesigem, feuchtem Sonnenschein, der auf Regen folgt, oder in der Abenddämmerung, wenn es nicht richtig dunkel und nicht hell ist und die Lichter langsam angehen, dann konnte Kathleen ihre Mutter sehen. Wie sie auf dem Bürgersteig ging oder vor ihr und Miriam Chesney im Supermarkt mit einem Einkaufswagen, oft auch in vorbeifahrenden Autos. Aber sie wußte, das war nicht wirklich ihre Mutter, und so zog sie ihren Mund ein, sah schnell weg und sagte kein Wort. »Was für ein trauriges Kind du doch bist«, sagte Miriam Chesney dann, die Zigarette im Mund hoch aufgerichtet, und sie streckte träge die Hand aus, um Kathleen Hennessy das Haar aus dem Gesicht zu streichen. Ihr farbloses Haar, das immer fettig war; einen Tag, nachdem sie es gewaschen hatte, war es wieder fettig. Kathleen stand teilnahmslos da, mit der Sanftmütigkeit und Sturheit einer jungen Kuh, durch die Weichheit ihres eigenen Fleisches gebannt, mit einer heimlichen Starrköpfigkeit in den Beinen, den Schenkeln, dem Gesäß, sogar in den weichen, herunterhängenden Brüsten, die nun fast so groß wie Mrs. Chesneys waren. Mrs. Chesney warf ihr mit einem neckenden Lächeln einen kurzen, vertraulichen Blick zu und sagte: »Mein Gott, Schätzchen! Ist dir der BH *jetzt schon* zu klein?« Und allein das Wort BH ließ Kathleen erröten.

Sie wußte, daß sie unter all den Kindern aus dem Verwaltungbezirk Mrs. Chesneys Liebling war, und sie genoß ihre Sonderstellung in vollen Zügen.

Es war wie damals im Krankenhaus mit Betty Lou und dieser anderen Schwester. Wie hieß sie doch gleich? Hazel. Die hatten sie mit mütterlichem Blick betrachtet, mit Wärme und ohne über sie zu urteilen und hatten ihr Leckerbissen gebracht.

Besonders wenn sie Seite an Seite in der Küche arbeiteten oder im Keller zusammen die Wäsche erledigten oder im Supermarkt oder im

Kaufhaus einkauften, waren sich Mrs. Chesney und Kathleen Hennessy ähnlich wie Mutter und Tochter: mit breiten Hüften und großen Brüsten, langem Oberkörper und Beinen, deren Waden etwas zu kurz geraten schienen. Und keine großen Füße: Größe 36. Vor lauter Fleisch sahen sie aus, als hätten sie überhaupt keine Knochen. Beide mochten Babys, was gut war, denn die Chesneys nahmen auch Kleinkinder auf, die manchmal erst vier Monate alt waren. Seufzend sagte Mrs. Chesney, während sie Rauch ausstieß: »Diese dummen kleinen Mädchen kriegen Kinder, und dann muß jemand anders den Dreck wegmachen, oh-oh! Den Schwarzen Peter hab immer ich.« Man mußte Miriam Chesney in- und auswendig kennen, um zu wissen, daß sie sich nicht beklagte, wenn sie das sagte, sondern nur stolz auf eine Tatsache hinwies.

Auf anderen Gebieten waren sich Kathleen und Mrs. Chesney wiederum gar nicht ähnlich. Die ältere Frau hatte einen ziemlich dunklen Hautton mit Pigmentflecken im Gesicht und auf den Unterarmen, tattooähnliche getüpfelte Sternbilder aus sehr dunklen Sommersprossen oder Leberflecken, aber nicht entstellend, sondern merkwürdig attraktiv. Und attraktiv waren auch Mrs. Chesneys leichter Flaum auf der Oberlippe und ihr großer, voller Mund, der immer in tiefem Kastanienbraun schimmerte. Den Lippenstift trug sie jeden Morgen als erstes auf, auch an Tagen, an denen ganz bestimmt nichts Wichtiges passierte. Ihr kurzes, glänzendes Haar war rotbraun; die feste Dauerwelle aus winzigen Locken roch leicht nach Chemikalien aus dem Schönheitssalon. Und auch Mrs. Chesneys besonderer Geruch oder vielmehr ihre Gerüche, eine Mischung aus den ewigen Zigaretten und ihrem Deodorant, aus Küchenfett und Reinigungsmitteln, trug dazu bei, den Parfumduft von Kathleens Mutter zu verdrängen. Daß Neues das Alte verdrängt, war eine bittere Tatsache, die Kathleen Hennessy nach und nach zu begreifen begann. Genauso wie man zwei Gedanken nicht gleichzeitig weiterführen konnte, sondern von der Anstrengung ganz schwach und erschöpft wurde; aber das war die Anstrengung nicht wert. Und da war Mrs. Chesney und strich Kathleen wie den anderen Kindern durchs Haar, einfach nur um zu bekräftigen: *Hier bin ich, und da bist du.* Manchmal war es ein schnelles, tadelndes Kneifen in die Wange oder den Hintern, ein spielerisches Kitzeln im Vorbeigehen. So fühlten sich die Chesneys wohl, so sollte man bei ihnen sein: ohne Geheimnisse, alles offen ausgesprochen, ordentlich und offenkundig wie die Kunststoffplatte des Küchentisches, wo die ganze Bande aß.

Manchmal lebten sechs Kinder aus dem Bezirk bei den Chesneys, aber meistens nur fünf.

Da war auch Mrs. Chesneys Sohn Tiger aus erster Ehe, der sechsundzwanzig war, aber noch zu Hause wohnte und sich manchmal wie eins von den Kindern benahm und besonders gern bestimmte Mädchen ärgerte und schikanierte.

Mrs. Chesney gab zu, eine Schwäche für Leidensgeschichten zu haben, und manchmal nahm sie auf einen Telefonanruf hin einen Notfall auf, wenn ein kleines Kind betroffen war: »Die Scheißkerle rufen immer zuerst mich an.« Wenn sie Mr. Chesney vorher nicht informierte, gab es dann ganz sicher Streit.

Aber meistens stritten die Chesneys nicht, Mrs. Chesney bewahrte den Frieden im Haus. Nur manchmal gerieten die Hänseleien und das laute Hyänenlachen rund um den Abendbrottisch außer Kontrolle.

Als Kathleen Hennessy bei den Chesneys ankam, war sie so ängstlich und verwirrt, daß sie sich für eins der jüngeren Kinder hielt. Sie behielt diese vage Idee während der ungefähr zwei Jahre bei, die sie in der Familie verbrachte, und als sie plötzlich weggehen mußte, war es ihr ein Rätsel, daß sie jetzt eins der älteren Kinder war. Es kam ihr nicht so vor, als hätte sie sich in der Zwischenzeit verändert, eher die anderen um sie herum.

In den ersten Monaten bei den Chesneys strengte sie sich wirklich an, etwas für die anderen Kinder zu empfinden, so, als seien sie ihre leiblichen Brüder und Schwestern, jetzt da ihre kleine Schwester Nola weg war. Aber mit der Zeit, als immer mehr kamen und gingen, verlor sie diese Neigung wieder. Der Bezirk brachte zwar Kinder bei Pflegefamilien unter, aber es waren oft nur vorübergehende Einquartierungen. Manchmal tauchten Verwandte auf und machten Ansprüche geltend; oder Mütter, die aus dem Gefängnis oder dem staatlichen Krankenhaus entlassen worden waren, verlangten ihre Kinder zurück. Die Gerichte zeigten normalerweise Verständnis für ihre Forderungen, egal wie sehr Mrs. Chesney auch flehte und manchmal sogar tobte angesichts der Ungerechtigkeit, ein wehrloses Kind an eine Mutter zurückgeben zu müssen, die nichts taugte, eine Alkoholikerin, eine Drogenabhängige oder eine Hure. Daß man irgendwelches weißes Gesindel aus den untersten Schichten ihr vorzog, weil sie nur eine

»Pflegemutter« war, machte sie wütend. Wenn sie eine ihrer Launen hatte, zündete sie sich eine Zigarette an, stieß ärgerlich eine blaue Rauchwolke aus und sagte: »Was ich alles weiß! O Gott, was ich so alles *weiß*!«

Eines Tages sah Kathleen, wie Mrs. Chesney in der Auffahrt mit ihrer Mutter sprach, die dasselbe Kleid und die gleiche schulterlange Frisur trug wie an dem Tag, als sie mit ihrer Freundin Jolene in deren rostigem Kabrio weggefahren war. Aber als sie zum zweiten Mal hinschaute, war es doch nicht ihre Mutter. Kathleen teilte niemandem mit, was sie gesehen hatte.

Sie war nicht gerissen oder verschlossen, wie manche von den anderen Mädchen behaupteten, die eifersüchtig auf ihre besondere Beziehung zu Mrs. Chesney waren. Aber sie war still. Sie wartete auf den richtigen Zeitpunkt – was auch immer das bedeuten mochte.

Ab und zu starrte sie Mrs. Chesney an, wenn sie es nicht bemerkte. Vielleicht bemerkte Mrs. Chesney es aber doch irgendwie, denn Kathleen hörte sie manchmal mit ihrer komischen, eintönigen Stimme sagen: »Siehst du die, die da drüben? ›Ich und mein Schatten‹.«

Bei den Chesneys machte Kathleen Hennessy sich Sorgen darüber, daß sie zuviel aß. Es geriet außer Kontrolle. Sie aß und aß und aß, bis sie fast platzte. Doch sie sorgte sich auch, am Abendbrottisch nicht genug zu essen zu bekommen, wenn die schweren Schüsseln herumgereicht wurden und alle zugriffen. Ihre Gesichtsfarbe verbesserte sich. Ihre Haut war zwar stellenweise immer noch unrein, dafür war die Farbe viel besser. Jedenfalls sagte das Mrs. Chesney. Bald nachdem sie zu den Chesneys gezogen war, wuchs ihr Haar wieder nach, schöner als je zuvor, buschig, aschblond wie Sägespäne und leicht fettend, aber hübsch, dicht und wellig. Wenn Mrs. Chesney mit ihrer im Mund hoch aufgerichteten Zigarette es kräftig durchbürstete, um die Knoten zu entwirren, stand sie stumm und selbstvergessen vor Glück da. Inzwischen dachte Kathleen nicht mehr an ihren kahlrasierten Kopf, an die Scham, und wie komisch er sich angefühlt hatte. Nichts erinnerte sie mehr daran, außer wenn sie ab und zu Mr. Chesneys Kopf in einem bestimmten Licht sah. Wie dünn sein Haar war, dünner als das ihres eigenen Vaters: die rosa glänzende Kopfhaut schimmerte durch. Doch es gab wirklich keinen Grund, daran zurückzudenken. Das war das Schöne an soviel Aufregung, Tumult und Lärm bei den Chesneys. Keine Gelegenheit, sich zu erinnern, auch nicht an die Wochen im Krankenhaus, die überhaupt nicht ungewöhnlich waren. Kathleen Hennessy war kein Sonderfall, denn andere Kinder in der Pflegestelle waren auch oft in die Klinik eingeliefert worden. Ein Schicksal hebt das andere auf, eine Erinnerung die andere. Aber eine Welle aus Freude und Bedauern überkam sie, wenn sie zum Beispiel im Fernsehen eine Krankenschwester sah oder das Foto einer Schwester in der Zeitung. Dann erhob sie mit untypischer Begeisterung die Stimme, so daß die anderen sie ansahen, als ob ein Stuhl oder eine Tür gesprochen hätte: »Oh! Das will ich mal werden. Krankenschwester!«

Es waren spontane Äußerungen, die sie machte, ohne es zu wollen. Einmal, als Kathleen dies wieder verkündete, während sie mit feuchten Augen auf den Bildschirm im Wohnzimmer der Chesneys blickte, lachte eine ihrer Pflegeschwestern und sagte gemein: »Klar, aber da mußt du erst mal die Schule fertigmachen. Dummkopf. Und das wird für *dich* bestimmt nicht einfach.« Und Mrs. Chesney sagte schnell: »Halt du doch den Mund. Was weißt du denn schon!« Später versicherte sie Kathleen, die vor Scham sprachlos war, daß sie ganz bestimmt Krankenschwester werden könne, wenn sie nur fleißig lerne. Das sei das Geheimnis in der Schule, fleißig zu lernen. Sie habe doch noch viele Jahre vor sich, oder nicht? Sie sei doch erst in der siebten Klasse und komme gut zurecht: »Man darf sich nicht entmutigen lassen.«

Kathleen war gar nicht gut in der Schule, in Wahrheit war sie schlecht. Ihr schlechtestes Fach war Rechnen, aber sie hatte auch Schwierigkeiten mit dem Schreiben. Sie bewegte ihren Füller so langsam übers Papier, daß sie vergaß, was sie eigentlich schreiben wollte. Wie wenn man so langsam Fahrrad fuhr, daß man umfiel. Und das Fahrradfahren bereitete ihr auch Probleme: Ihre Knie stießen zusammen, die Lenkstange schlenkerte hin und her. Sie war zwar nicht gut in der Schule, aber es war nett, das gesagt zu bekommen, besonders vor den anderen.

Kathleen *war* Mrs. Chesneys Liebling. Meistens.

Abgesehen von den Babys. Aber die teilten sie sich.

Und abgesehen von Mrs. Chesneys gelegentlichen Anfällen schlechter Laune, die niemand vorhersehen konnte. In solchen Momenten ging Mr. Chesney ihr aus dem Weg. Er war ein großer, kräftiger, schwerfälliger Mann, der die Angewohnheit hatte, das Gesicht zwinkernd zusammenzuziehen: ein gutmütiger Kerl, wie er sich selbst nannte. Er arbeitete für die Stadt, Abteilung Parks und Grünanlagen, und fuhr Lkw. Provozierte man ihn aber zu einem Streit, dann wurde herumgeschrien, es kam zu Handgreiflichkeiten, und Küchenutensilien flogen durch die Gegend. Alle, von Tiger angefangen bis hin zum kleinsten Kind, wußten, daß man den Chesneys aus dem Weg gehen mußte, wenn einer von ihnen getrunken hatte.

Miriam Chesney hatte eine Vorliebe für Bier und süßen französischen Wein, Mr. Chesney eine Schwäche für Ale. Gott, der Mann konnte einen Kasten in zwei Tagen trinken, manchmal auch schneller. Ihm ging man ganz bestimmt aus dem Weg.

Einmal traf Kathleen im oberen Badezimmer unverhofft auf Mrs. Chesney, die etwas in der Hand hielt. Zusammengeknülltes, blutiges Toilettenpapier. Und plötzlich schrie sie Kathleen ins Gesicht: »Ich bin zweiundfünfzig, um Himmels willen. Wann ist endlich Schluß damit! Ich blute und blute und blute wie ein Schwein und das schon seit acht Tagen!« Kathleen wich zurück, zu erstaunt, um Angst zu haben; sie lief weg, versteckte sich und lutschte am Daumen. Als sie ein paar Stunden später zurückkam, war es, als sei nichts gewesen. So war Mrs. Chesney eben.

Mrs. Chesneys Lachen klang voll und tief wie das eines Mannes, es hob das Lachen von Kathleens Mutter auf, das gehaucht und gedämpft war, manchmal fast stumm, so daß man genau hinsehen mußte, um festzustellen, ob sie überhaupt lachte oder irgendein anderes Geräusch machte.

Kathleen lachte selten und fühlte sich nicht wohl dabei, auch nicht bei den Chesneys, die so gerne Witze machten, aber am wenigsten in der Schule. Irgendwie erschien es ihr falsch, ein Verstoß gegen die Etikette, daß manche Lehrer Dinge sagten, die darauf abzielten, die Schüler zum *Lachen* zu bringen. Dann entschlüpfte Kathleen ein überraschtes Geräusch, zu spät hielt sie sich den Mund zu und sah umher, ob irgend jemand es bemerkt hatte. Einmal in der Cafeteria, sagte ein Lehrer, der nur nett sein wollte: »Deine Zähne sind nicht häßlich, Kathleen, wirklich nicht«, und so mußte sie erkennen, daß ihre Zähne häßlich waren, schon die ganze Zeit waren sie es gewesen, und sie hatte nicht gewußt, daß die anderen es wußten.

In der Schule sprach sie selten, in der Hoffnung, nicht aufzufallen oder um Antworten gebeten zu werden, die sie nicht geben konnte, selbst wenn sie ab und zu etwas wußte. Zuhause redete sie mit leiser, vorsichtiger Stimme, als hätte sie Angst zu stottern, denn manchmal stotterte sie wirklich, und sie benutzte bestimmte Redewendungen als Antwort auf Fragen, die oft gestellt wurden. »Ich hab nichts dagegen«, sagte Kathleen zum Beispiel häufig höflich und ernst, wenn Mrs. Chesney fragte, ob sie die eine oder andere Hausarbeit erledigen wolle, sogar auf Händen und Knien den dreckigen Boden in der Küche, im Korridor oder im Bad mit Stahlwolle schrubben. »Ich hab nichts dagegen«, sagte Kathleen dann, und es war tatsächlich wahr. Kein Wunder, daß Mrs. Chesney das Mädchen traumhaft nannte, einen Schatz, eine Heilige, meine rechte Hand. Es war aber auch lustig, denn wenn Mrs. Chesney Kathleen fragte, ob sie ein Sodawasser möge oder mit ihr zum Einkaufszentrum fahren wolle, dann antwortete sie mit derselben höflichen, ernsten Stimme: »Ich hab nichts dagegen.« Als hätte sie Angst, der Gegenstand ihrer Begeisterung könnte durch einen grausamen Zaubertrick verschwinden, wenn sie zuviel Enthusiasmus zeigte.

Ob sie dem kleinen Barry gern die Windeln wechseln würde? »Ich hab nichts dagegen.«

Ob sie gern den Ofen ausscheuern würde, der nach übergelaufenem Käsemakkaroni-Auflauf stank? »Ich hab nichts dagegen.«

Ob sie gern einen Bissen von diesem gezuckerten Krapfen hätte? »Ich hab nichts dagegen.«

Ob sie am Sonntag gern mit nach Belle Isle fahren würde? »Ich hab nichts dagegen.«

Wenn sie über sie lachten, war es für Kathleen manchmal wie ein Kitzeln: Sie wand sich vor Freude darüber, und ihr ganzer Körper war von Vergnügen durchflutet, wie der eines Kleinkinds. Aber zu anderen Zeiten war ihr Gelächter hämisch, stechend, wie harte, bösartige Finger in ihren Rippen oder zwischen den Beinen, oder wenn einer von den älteren Jungs in der Schule sie in die Brüste kniff, die Brustwarzen verdrehte und sie verhöhnte. Am Abendbrottisch, wenn Tiger sie hänselte, Mrs. Chesney nicht eingriff und alle lachten, erlitt Kathleen die Qualen traurig und still auf ihrem Platz und versuchte weiter zu essen: Ihre langsamen Kiefer zermahlten Speisen, die eigentlich lecker sein sollten, jetzt aber fade wie Papier schmeckten, und sie blinzelte Tränen aus ihren Augen. Gerade wegen ihrer sanften, überflutenden Augen zog Tiger sie so gern auf, was ihr die Röte ins Gesicht trieb. Was für ein trauriger Köter sie doch ist, sagte Tiger, dieser Blick, wie ein getretener Hund, so daß man ihr instinktiv noch einen Tritt versetzen will. Tiger in seinem schmutzigen T-Shirt und Jeans und mit seinem geschniegelten, kupferroten Haar. Aber auch Mr. Chesney konnte in einer seiner lauten, witzigen, fröhlichen Stimmungen tyrannisch und verletztend sein. Das nannten sie: »Nur Spaß machen«. Auch Mrs. Chesney lachte manchmal und hatte dann Tränenspuren auf ihren ziemlich dunkel gepuderten Wangen. Tiger protestierte gegen Mr. Chesney: »Sei kein Arschloch, Arschloch, ich meine ›Dad‹.« Alle beide waren wie zu groß geratene Rüpel, die sich gegenseitig piesackten, bis sie rot im Gesicht waren. Und manchmal kippte ein Glas um oder eine Flasche Ale, oder es fiel unter Gekreische ein Teller mit Essen zu Boden. Wenn Tiger in Hochform war, brachte er den ganzen Tisch furchtbar zum Lachen, sogar Mrs. Chesney, die beim Essen rauchte und Bier schlürfte; sogar Kathleen versteckte dann ängstlich und verwundert kichernd ihre häßlichen Zähne hinter der Hand. Tiger erzählte verrückte Geschichten von der Arbeit; er war auch in der Abteilung Parks und Grünanlagen angestellt, bei der Straßeninstandsetzung. Manchmal lachte er so heftig, daß er Essen auf sein Hemd sabberte oder es in die Nase bekam. Dann klopfte Mrs. Chesney ihm auf den Rücken und sagte: »Du blöder Idiot, du erstickst noch«, und zu den anderen mit vor Vergnügen gefletschtem Lippenstiftmund: »Gott, habt ihr schon so ‘nen Spinner gesehen? So ’nen blöden Dummkopf?« Aber es war klar, daß Mrs. Chesney Tiger liebte; es gab keine Chance, je zwischen sie zu kommen.

Manchmal spielte Tiger rauchend über das Spielbrett gebeugt mit den Kindern Parcheesi. Am liebsten mochte Kathleen Würfelspiele: Man würfelte eine bestimmte Zahl und bewegte seinen Stein auf dem Brett; keine Gefahr, etwas falsch zu machen.

Bei Kartenspielen, Rommé und Siebzehn und Vier, die Mrs. Chesneys Lieblingsspiele waren, konnte zuviel schiefgehen. Manchmal saß Kathleen mit einer Karte in den Händen da und starrte sie an: Pik-Dame oder war es Kreuz? Wieviel war sie wert zusammen mit den restlichen Karten in ihrer Hand? Was bedeuteten die anderen Karten? Herz-As, Karo-Drei, dieser wütend aussehende König, war er ein Pik-König oder Kreuz, wie hielt man sie auseinander? Schließlich nahmen sie ihr die Karten weg, mischten neu und ließen sie nicht mehr mitspielen.

In der Schule – festgegossen im Sitz wie Schaumstoffmasse – saß zwei Tische vor ihr ein Mädchen, das Nola ähnlich sah; nur von der Seite, mit einem schlaffen Pferdeschwanz. Das war hart, aber es blieb eine Tatsache, trotz alledem: Ein Mensch ersetzt den anderen. Man lernt, nicht zurückzuschauen, egal, was man hinter sich läßt.

Man weint nicht. Tut man es doch, ist es nicht man selbst.

Sie hatte gehört, wie Mrs. Chesney am Telefon schleppend zu einer Freundin gesagt hatte: »Die eine, von der ich dir erzählt hab, die so'n bißchen verträumt ist, zwölf Jahre, aber sieht aus wie, Gott, vielleicht sechzehn. Sieht nicht schlecht aus, nur ihre Haut ist picklig. Das arme Ding, sie haben sie für zurückgeblieben gehalten, aber ich glaub, sie hat nur Angst. Gott, hättest du keine Angst, wenn... Ja, mein Gott, das Leben ist schon hart, ich könnte dir so einiges erzählen! Aber sie ist süß, sie ist irgendwie komisch, find ich. Braucht nur Liebe, glaub ich, und Zeit sich anzupassen.«

Manchmal verschwand ein Kind um die Mittagszeit, dann kamen die vom Amt, um einen zu holen. Bei solchen Gelegenheiten lernt man, *niemals zurückzuschauen, egal, was man hinter sich läßt*.

Aber sie hatte auch Macht. Ein Streichholz, angezündet in der Nacht, an strategisch günstiger Stelle... Man sah so viele Brände im Fernsehen. Einige waren erfunden und ein paar echt, in den Detroiter Nachrichten. Im Sommer hörte man fast jede Nacht die heulenden Sirenen, ihren geheimen, sehnsüchtigen Klang.

Sie wollen nicht grausam zu dir sein, sie ziehen dich nur auf, weil sie dich gern haben, sagte Mrs. Chesney. Sie strich durch Kathleens dichtes, buschiges Haar oder mit vor Zuneigung harten Knöcheln über ihren Kopf.

Tiger meint es nicht böse, er ist nur – Tiger.

Einmal, als Kathleen erst ein paar Wochen bei den Chesneys war, hatte sie sich im Bad eingeschlossen und über Betty Lous Geschenk nachgedacht, diesen hübschen Kristallrosenkranz, der aus Gebetsperlen bestand. Das hatte Mrs. Chesney ihr gesagt, genau dieses Wort: »Gebetsperlen«. Da schlug jemand gegen die Tür. Sie machte auf, und da stand Tiger und grinste auf sie herunter, seine unverschämten, glänzenden Augen und der breite Kiefer, das T-Shirt unter den Armen schmutzig und der Hosenstall offen.

Später, Kathleen hätte nicht sagen können, wie viele Tage oder Wochen danach, blickte sie auf und sah ihn durch das Obergeschoß des Hauses schlendern, nur sie beide waren da, und er pfiff durch die Zähne, klatschte das geölte Haar mit beiden Händen aus dem Gesicht, und wieder war sein Reißverschluß auf. Kathleen hatte ganz still gestanden, mit verengten Augen, nicht vor Besorgnis oder gar angewidert, sondern aus reiner Vorsicht, denn wenn sie wegblickte, würde sie eingestehen, daß sie hingesehen hatte. Tiger pfiff schwach durch die Zähne und sagte mit seiner tiefen, näselnden, scherzhaften Stimme: »O Kathleen, Kath-*leeen*...«, als ob er einen Hund rufen würde.

Nun wußte Kathleen, daß sich die Beziehung zwischen ihnen niemals ändern würde, denn Tiger könnte sehr böse und gnadenlos werden, wenn er sie richtig quälte. Sie saß am Abendbrottisch, kaute Papierbrei und blinzelte Tränen von ihren Augen, während die anderen lachten.

Monate vergingen, vielleicht Jahre. Doch Kathleens Sorge um das Essen während der Mahlzeiten, wenigstens zur Abendbrotzeit, ließ nicht nach. Sie saß auf ihrem Platz und sah mit starrem Blick zu, wie die schweren Schüsseln und Platten am rechteckigen Tisch herumgereicht wurden. Hackbraten, Hackfleischpastete. Dosenthunfisch-Kasserolle, Spaghetti mit Mrs. Chesneys Spezialsauce, Schinkenscheiben, Käsemakkaroni, Reis, Kartoffeln, gedämpfter Spinat,

Pudding, Götterspeise, Torten. Ihr Atem ging schnell und flach, während sie ängstlich zusah, ob das Essen ausginge, bevor es bei ihr ankam. Doch das passierte nie, wenigstens nicht bei der ersten Portion; oft allerdings bei der zweiten. *Lieber Gott, laß genug da sein*, betete Kathleen dann im stillen – *bitte laß genug da sein*; und wenn es reichte, dann verzichtete sie auf die anderen Gebete, nicht gehänselt oder gequält zu werden, denn sie dachte bei sich, daß Gott ihr im Moment genug Güte erwiesen habe.

Manchmal floß in kleinen Wellen ein Gefühl über ihre Haut, als liefen Ameisen auf ihr herum; ihre Kopfhaut zuckte und prickelte, und sie wußte, sie mußte etwas tun. Etwas staute sich an wie die Luft vor einem Gewitter; es mußte sich entladen, sonst könnte sie nicht schlafen. Wenn sie die Finger in den Mund stopfte und fest genug zubiß, konnte sie es unterdrücken.

Eins von den Babies wurde von der Großmutter väterlicherseits weggeholt. Mrs. Chesney betrank sich und warf in der Küche mit Sachen um sich. Als Kathleen hereinkam – sie sagte zu sich selbst, ernst und mutig wie eine Person, ein Erwachsener, in einem Film: *Hab keine Angst* – sah sie aus, als wollte sie Kathleen schlagen, umarmte sie aber statt dessen. Fest. Ganz fest.

Ein paar Wochen später kam ein anderes Baby, und es war so, wie Kathleen zu glauben begonnen hatte: Ein Baby ersetzte das andere. So ist es, wenn man ins Feuer starrt, es ist immer dasselbe Feuer und immer derselbe Moment, das Feuer lehrt, *was zählt, ist das Jetzt.*

Sie sagte: »Das will ich werden – Krankenschwester.«

Mrs. Chesney blinzelte in den aufsteigenden Rauch ihrer Zigarette. »Das wirst du auch, Schatz. Ich weiß es, und du weißt es.«

Als Kathleen erst ein paar Tage in der achten Klasse war, kam ein neues Baby zu den Chesneys, ungefähr sechs Monate alt, unterernährt, ein winziges, krähendes Ding mit indianerschwarzen Haarbüscheln und der Fähigkeit, unermüdlich zu weinen und sich im Gitterbett hin und her zu werfen. Und Kathleen liebte es mehr als alles andere; sie liebte es, den Jungen zu halten, ihn zu baden, ihn zu füttern, sogar seine Windeln zu wechseln, was sie oft tun mußte, weil er Verdauungsprobleme hatte. Aber leise und ernst, das Gesicht voll Freude, murmelte sie: »Oh, ich mach das, ich hab nichts dagegen.« Dann stand sie da, wiegte das Baby, summte ihm etwas vor und legte selbstvergessen ihre warme Wange an seine. Immer, wenn man ihr den Namen des Babys sagte, vergaß sie ihn wieder, und nannte es deshalb »Baby«, was völlig ausreichte.

Seine Mutter war eine siebzehnjährige Heroinsüchtige gewesen, Halbindianerin, von der Oberen Halbinsel. Hatte sich in Detroit mit einem Haufen Dealer eingelassen und starb in der Detroiter Frauenbesserungsanstalt. Aber Kathleen hatte eine Geschichte, die sie sich selbst erzählte: Baby gehörte ihr, er war ihr Baby. Er hatte sich zwischen ihren Beinen herausgeschoben, von diesem geheimen Ort in ihr (sie hatte Zeichnungen davon gesehen, Diagramme in *Collier's Enzyklopädie* in der öffentlichen Bücherei), und das hieß, er gehörte *ihr*.

Doch: Eines Tages, als sie ihn aus der Badewanne hob, wand er sich in ihren Armen und trat um sich, und das Gefühl krabbelnder Ameisen, brennender Ameisen, lief über ihre Haut. Erschreckt flüsterte sie: »Oh, Baby, nein. Das ist ungezogen«, aber Baby gab nicht nach, das kleine rote Gesicht wutverzerrt, winzige um sich schlagende Fäuste. Da war sein winziger Penis, der zwischen den Beinen wippte wie eine weitere Faust, und Kathleen Hennessy stand gelähmt da und wußte nicht, was sie tun sollte. Obwohl ihr Gesichtsausdruck unergründlich war und ihre Augen nicht mehr verrieten als eine tiefe und unausgesprochene Verwunderung, ist es möglich, daß Mrs. Chesney, die gerade hereingekommen war, die Situation instinktiv erfaßte. Sie nahm Kathleen ohne einen Moment zu zögern Baby aus dem Arm, trat einfach nur herüber, ihr Gesicht wegen des Zigarettenqualms zusammengekniffen, und murmelte etwas vage Tadelndes, vielleicht etwas wie »Eh-eh« oder »Oh nein«, was keine von ihnen hörte oder später noch wußte. Mrs. Chesney war ganz plötzlich für Baby da und sang ihm etwas vor, wickelte ihn in ein großes, weiches, weißes Handtuch, wiegte und streichelte ihn, bis sein Weinen und sein rasendes Treten langsam nachließ. Kathleen holte sein Milchpräparat, ohne weitere Zwischenfälle wurde er gefüttert und wie immer ins Bett gebracht.

Mrs. Chesney, die nicht ganz sie selbst zu sein schien, geistesabwesend und verlegen, sagte, ohne Kathleen anzusehen: »Guter Gott, warte bis du dein *eigenes* kriegst.«

Sie selbst habe drei eigene Babys gehabt, erzählte Mrs. Chesney Kathleen, die zuzuhören schien. Drei »Lebendgeburten«, von denen Tiger der jüngste sei. Und eine Fehlgeburt. Ob Kathleen wisse, was eine Fehlgeburt sei?

Kathleen, die schwitzte und deren weiches, blaßgelbes Mondgesicht aussah, als wäre sie geschlagen worden, machte eine seitliche Bewegung mit dem Kopf, vielleicht ja, vielleicht nein, möglicherweise hatte sie auch die Frage nicht gehört, und Mrs. Chesney verfolgte das Thema nicht weiter.

Das war im März 1963, eine Woche vor dem Brand.

Man könnte sein Leben wie eine Zahlenkolonne addieren, wie beim Rechnen an der Tafel: das bedeutet ...?

Die rätselhafteste Bemerkung, die Mrs. Chesney je in Kathleens Hörweite machte, äußerte sie zwei Tage vor dem Brand. Sie räumten nach dem Abendessen in der Küche auf, Kathleen und Mrs. Chesney und ein Mädchen, das neu in der Familie war; eine magere, stille, verängstigte Zehnjährige, Rose Ann, mit vorstehenden Adern auf der Stirn und an den Handgelenken, die wie Lebewesen aussahen. Im anderen Zimmer lief der Fernseher in voller Lautstärke, und Mrs. Chesney, die Geschirr in die Spüle knallte, Seifenlauge auf die Küchentheke spritzte, ihre ewige Zigarette rauchte und sich wenig darum kümmerte, wenn Asche ins Spülbecken fiel, mußte ihm zugehört haben – Kathleen nicht; Kathleen hörte sich überhaupt nichts an, überhaupt niemanden –, denn sie brach plötzlich in Gelächter aus, in ihr volles, tiefes, dröhnendes Männerlachen, und sagte: »Genau das denke ich auch: Beim nächsten Mal komme ich als etwas wieder, was zäh wie Gummi ist, so was wie 'ne gottverdammte Kröte. Mal sehen, was die Scheißkerle mir *dann* antun können.«

Sie lachte so sehr ihr ansteckendes Lachen, daß Kathleen und Rose Ann beide einstimmten. Obwohl sie verwirrt waren.

Sie *waren* verwirrt, aber das verband sie nicht miteinander. Kathleen hatte schon vor langer Zeit gelernt (obwohl sie die genauen Stufen ihres Lernprozesses vergessen hatte), daß solche Momente gemeinsam empfundener Gefühle, sogar der schnelle, rührende Austausch von Blicken, eine knochige Hand, die in rauher Zuneigung über einen Kopf gerieben wurde, nicht wirklich real waren. Nicht wirklich.

Dann kam der Brand, und alles, was folgte.

Kathleen Hennessy, jetzt dreizehn Jahre alt, und die anderen überlebenden Kinder, wurden bei neuen Pflegefamilien in der Gegend untergebracht. Kathleen kam zu einer Familie namens Deitch an der East Side für nur drei Monate (Mr. Deitch wurde wegen Trunkenheit am Steuer festgenommen). Dann zu den Sweetmans in Ferndale jenseits der Nine Mile Road, wo Kathleen hätte bleiben können bis sie volljährig wurde und der Bezirk nicht mehr für sie zuständig war. Aber Mrs. Sweetman hatte eine Nierenentzündung, die sich verschlechterte, und wurde schließlich ins Krankenhaus eingeliefert. Also wurde Kathleen noch einmal neu zugewiesen und dieses letzte Mal einer Familie McClure, die in der Brush Street in der Nähe von Vernor wohnte, und die sie nicht zu mögen schien, als hätten sie sich schon vorher ein Urteil über sie gebildet, obwohl Kathleen zu dieser Zeit schon fünfzehn war, in der zehnten Klasse, mit BH-Größe 80 C, ihre Haut weniger sichtlich verunstaltet, da mit Make-up überzogen, und ihr Kirschmund in einem glänzenden, leuchtenden Rosa. Mrs. McClure war eine nervöse Frau, deren Lächeln ihr Gesicht zusammenzukneifen schien; eine große Frau mittleren Alters mit dünner Stimme und krausem, dauergewelltem, glitzernd grauem Haar, das sich um ihren Kopf schmiegte wie eine Mütze, und der Angewohnheit, zornige, bläuliche Rauchwolken auszustoßen. Sie verdrängte Mrs. Chesney, oder was noch von Mrs. Chesney übrig geblieben war. Zu dieser Zeit war Mrs. Chesney schon lange Vergangenheit.

Der Brand: Ohne Vorwarnung war er in der Nacht ausgebrochen, im Hause der Chesneys schliefen alle.

Als das erste Feuerwehrauto um 3.20 Uhr morgens ankam, stand der gesamte erste Stock des alten Holzhauses in der Eleventh Street in Flammen.

VIER MENSCHEN, DARUNTER EIN KIND, BEI BRAND IN EAST SIDE UMGEKOMMEN

– so lautete die Schlagzeile in der Detroiter *Free Press* vom 22. März 1963, zusammen mit einem Foto, auf der ersten Seite des Lokalteils. Es wurde erklärt, daß die mutmaßliche Ursache des Feuers eine glühende Zigarette in einem Klumpen öliger Lappen in einem Schrank gewesen sei. Wer genau daran schuld war, wessen Zigarette es gewesen sein könnte, wurde nicht enthüllt. Auf dem verschmiert aussehenden Foto hätte das Haus der Chesneys jedes beliebige brennende Haus sein können – unmöglich, es zu identifizieren.

Sogar eine schlechte Fotografie eines Brandes lehrt: *Was zählt, ist das Jetzt*, alles andere wird verdrängt.

Kathleen schlief schon, beinah jedenfalls, in ihrem Bett im hinteren Teil des Obergeschosses, als sie den Geruch bemerkte, unverwechselbar, etwas Versengtes, Hitze, etwas Feuchtes, schlecht Brennendes, wie nasses Papier oder Lumpen. Sie lag ganz still auf dem Rücken, den Rosenkranz wie immer um die Finger geschlungen (so brachte sie sich jeden Abend zum Einschlafen, indem sie ihre »Gebetsperlen« festhielt und leise die Lippen bewegte, nicht richtig im Gebet, weil sie die Worte nicht genau kannte, sondern Worte flüsterte, die sie sich selbst ausgedacht hatte), als der Geruch ihr in die Nase drang und ihre Augen zu brennen begannen. Trotzdem blieb sie einen seltsamen Moment lang unbeweglich, wie gelähmt oder schlafend, als ob es nur ein Traum sei. Denn im überfüllten Inneren ihres Schädels passierte sowohl am Tag als auch in der Nacht so viel, daß sie gelernt hatte, vorsichtig zu sein. *Ist es wahr? Ist es wahr – wirklich?* Man kann grausam verspottet werden, wenn man das eine mit dem anderen verwechselt.

Kathleen teilte sich ein Zimmer mit der zehnjährigen Rose Ann; beide hatten ein Kinderbett, und dazwischen war vielleicht zwanzig Zentimeter Platz. Später hieß es immer, Kathleen habe Rose Ann Dwyer das Leben gerettet. Als Kathleen selbst die Erinnerung schon längst verdrängt hatte, hielt Rose Ann Dwyer sie noch immer in Ehren. Denn wer von uns kann schon mit absoluter Gewißheit auf den Zeitpunkt und die bestimmte Person hinweisen, die die eigene Existenz verlängerte? Wer unter uns kann schon seinem konkreten Schicksal ein konkretes menschliches Gesicht zuordnen? Obwohl Kathleen in der anfänglichen Verwirrung Rose Ann völlig vergessen zu haben schien, als sie losrannte, um die anderen zu wecken, und nach Mrs. Chesney rief, Mrs. Chesneys Namen schrie, als ob aus dem Teil des Hauses Hilfe kommen könnte, von dem das Feuer am heftigsten Besitz ergriffen hatte. Und wie schnell es Besitz ergriffen hatte, als wäre es wie ein Meteor vom Himmel gefallen oder hätte schon jahrelang gewartet, auf den richtigen Zeitpunkt gewartet, im Gebälk des alten Hauses, in den Gipsplatten und im Teppichboden. Aber Rauchschwaden trieben sie zurück, Schwaden fürchterlicher Hitze wie aus einem gigantischen Ofen: Also ging sie zurück, rannte los, um das andere Mädchen zu holen, das in seinem Bett kauerte, und zog es – dieses Mädchen, dessen Namen sie nicht hätte nennen können –, aus dem Bett, aus dem Feuer heraus und trug es halb die Hintertreppe hinunter. Alle beide schluchzten und wimmerten wie verängstigte Tiere, sogar noch, als sie im Freien und in Sicherheit waren.

Da war es Winter: Unter den Füßen knirschte der Schnee, und Kathleen merkte, daß sie barfuß war, ihre Brüste lose in ihrem Schlafanzug, nackt unter dem Flanellschlafanzug, während über ihr das Haus brannte, Fontänen wütender Flammen senkrecht in die Luft stiegen. Und der Lärm! Das Getöse! Wie von wahnsinnigen Winden! Und diese Schreie aus dem ersten Stock! Und Kathleen rannte auf die Straße und schrie um Hilfe, und jemand packte sie und wickelte einen Mantel oder eine Decke um sie, obwohl sie kämpfte, um sich zu befreien. Und innerhalb von Minuten kam der erste Feuerwehrwagen an, da waren Polizeifahrzeuge, ein Krankenwagen, Sirenen, Blinklichter, die Feuerleitern wurden ausgefahren und die großen Schläuche in Gang gesetzt. Kathleen kauerte sich zusammen, die Finger in den Mund gestopft, und beobachtete in Trance, wie das Feuer das nicht mehr wiederzuerkennende Haus von innen erleuchtete, wie ein gigantischer Atemzug. *Ihr Scheißtypen, jetzt hab ich's euch gezeigt.* Und die Feuerwehrleute waren große, glänzende Insekten, die von der Hitze und Schönheit des Feuers angezogen wurden, aber machtlos dagegen waren, solange sie zusah. Denn wo Wasserströme aus ihren Schläuchen die Flammen an einem Fenster oder an einer Stelle des Schindeldaches zurückdrängten, zogen die Flammen sich nur zurück, um irgendwo anders wieder aufzutauchen und mit doppelter Heftigkeit aufzusteigen. Und als ein Sanitäter kam, um sie wegzuführen, leistete sie Widerstand, grub die nackten Fersen in den Schnee, rief plötzlich nach Mrs. Chesney, schrie »Nein, nein, nein, nein, *nein*«, bis sie hochgehoben wurde, sich sträubend; ein molliges Mädchen mit weichem Körper, nur im Schlafanzug, das zerzauste Haar angesengt, Augenbrauen und Wimpern angesengt, hochgehoben und zu einem Krankenwagen gebracht, um auf eine Trage geschnallt zu werden. Ihre Schreie schwollen an, sogar noch, als ihr Bewußtsein völlig leer und ausgelöscht war wie die Flamme einer Kerze, erstickt von einer großen, gnädigen Hand.

Das war am 22. März 1963. Nach dieser Nacht sah Kathleen Hennessy nie wieder bewußt, was von dem Haus in der Eleventh Street übrig war, auch nicht das völlig verwüstete und von Trümmern übersäte Grundstück, wo das Haus gestanden hatte. Wenn ein neues Haus gebaut worden wäre, wo das alte gestanden hatte, hätte sie sich wahrscheinlich nicht an den genauen Standort des alten Hauses erinnert. Sie hätte es nicht zur Kenntnis genommen, wenn auf diesem Grundstück wirklich ein neues Haus errichtet worden wäre, obwohl sie noch jahrelang – nämlich für den Rest ihres Lebens – in Detroit lebte oder in der Umgebung, und oft Bus fuhr, manchmal auch als Beifahrerin in einem Auto. Aber dann war sie meist abgelenkt, und Kathleen Hennessy war sowieso nicht grüblerisch veranlagt. Wenn sie also einmal zufällig das frühere Grundstück der Cheseys sah, dann nicht bewußt.

Teil Zwei

1

SEI DANKBAR: Eine gerahmte Stickerei in allen Regenbogenfarben hing auffällig hinter dem Tisch der Empfangsdame im Wayne County Gesundheitsamt.

SEI DANKBAR, aber Kathleen Hennessy mußte man das nicht erst sagen.

Schon Jahre bevor sie Jesus Christus in ihr Herz gelassen hatte, folgte Kathleen dem Brauch, in ihre abendlichen Gebete alle einzuschließen, die gütig zu ihr gewesen waren.

Die anderen: Sie bemühte sich, sie zu vergessen.

Ihre Gebetsperlen aus Kristall mit dem glänzenden Miniaturkruzifix um die Finger gewunden, während sie in den Schlaf sank... oft so erschöpft von der Arbeit, daß der Schlaf statt dessen zu ihr aufstieg... zackige Gipfel. Stalagmiten so spitz wie Nadeln, die sich erhoben, um in ihr Bewußtsein einzudringen und sie nach unten zu ziehen, noch während sie mit der systematischen Genauigkeit eines Kindes betete: *Lieber Gott, ich danke Dir für–. Danke für–. Vater unser, der Du bist im Himmel, ich danke Dir für–. Und Jesus Christus, unserem Herrn, sage ich Dank–.*

Sie nannte all diese Menschen klar und deutlich beim Namen, wie Kieselsteine, die man ins Wasser wirft, jeden Kiesel vom vorherigen und vom nachfolgenden getrennt. Denn Kathleen machte sich wirklich Sorgen, daß Gott, wenn sie diese Menschen nicht alle einzeln beim Namen nannte, nichts von ihnen wüßte, und sie dann genauso in Vergessenheit geraten würden wie diejenigen, die ihr weh getan hatten und die sie vergessen wollte.

An der Warren P. Wilson High School war eine Mrs. Feinberg, die Förderunterricht in Englisch gab. Sie ahmte auf freundliche Weise Kathleens betretenes Murmeln *Oh, das kann ich nicht: Ich kann einfach nicht* nach, indem sie es parodierte: *Oh! Ich kann es nicht! Oh, oh! Ich kann einfach nicht!* Wobei sie nicht nur Kathleens unendlich ergebene und verzagte Stimme imitierte, sondern auch ihre Angewohnheiten, ihren gesenkten Kopf, die schnell blinzelnden Augen, die nervösen Schulterbewegungen. Sie brachte Kathleen dazu, erschreckt zu lachen, als ob man ihr plötzlich einen Zerrspiegel vorgehalten hätte. Und sie zwang sie dazu, der Tatsache ins Auge zu sehen, daß sie selbst ihr »schlimmster Feind« war, worauf Mrs. Feinberg beharrte. Es fehlte ihr auf so rätselhafte Weise an Selbstvertrauen, obwohl sie genausogut wie alle anderen in der Klasse schreiben konnte und obwohl sie zu den intelligenteren Schülern ihrer Klasse gehörte. Deshalb mußte sie zur Bekämpfung dieses Feindes, der in ihr lauerte, ihr eigenes *Ich kann das nicht* mit Mrs. Feinbergs *Doch du kannst, Kathleen, O DOCH, DU KANNST DAS* beantworten. Und durch Gottes Gnade war es in den beiden letzten Jahren vor dem Schulabschluß auch so. Denn sie durfte mit ihrer Klasse die Abschlußprüfung machen und behielt für immer eine positive Einstellung zum Lesen, wenn auch nicht zum Schreiben, das ihr weiterhin lästig war. Warum sollte man schreiben, einen Füller in die Hand nehmen, wenn man viel leichter reden konnte? Weshalb sollte man ein Sprachgewirr durch stümperhafte Fingerspitzen filtern, wenn man die Worte leicht sagen konnte, wenigstens leichter.

Und an der Warren P. Wilson Schule war auch Mrs. Moynahan, die Hauswirtschaft unterrichtete, und die Kathleen Hennessy sogar noch mehr Zeit widmete als Mrs. Feinberg. Die dem Mädchen nicht erlaubte, sein Licht unter den Scheffel zu stellen, sich gering zu schätzen oder gar mit runden Schultern dazustehen: *Also komm, Kathleen: Ich beobachte dich!* Und die sie nach der Schule ins Seminar für Hauswirtschaft einlud, so daß sie unter vier Augen reden konnten. Wie Mutter und Tochter machten sich die beiden in der Übungsküche Ovomaltine und saßen dann wie Ladies im Übungswohnzimmer. Glückselig vor Freude und Ehre schmeckte Kathleen das kreideweiße Getränk kaum, und sie hörte Mrs. Moynahan begierig zu, die sich ihr anvertraute, wie es noch nie ein Erwachsener getan hatte, auch nicht ihre Pflegemütter. Sie erzählte von ihrer Kindheit in Detroit vor vielen Jahren, und ihren eigenen Schwierigkeiten mit Lehrern, Klassenkameraden, Eltern: *Es ist so, Kathleen, wir dürfen niemals, niemals den Glauben an uns selbst verlieren, denn Glaube ist alles.* Und auch das war wahr, wie Kathleen erkannte.

(Am Tag der Abschlußfeier in der Menschenmenge, in ihrer blöden, gemieteten Robe und mit dem Barett, hatte Kathleen Mrs. Feinberg und

Mrs. Moynahan sagen wollen, wie dankbar sie ihnen war. Sie hatte ihre Hände in ihre nehmen und sie küssen wollen, und Worte flüstern, die sie unzählige Male heimlich geübt hatte. *Ich liebe Sie.* Aber natürlich hatte sie sich nicht getraut. Vor Schüchternheit wie gelähmt, hatte sie sich zurückgehalten und wie ein großes Baby am Daumennagel gekaut. Und so verpaßte sie die Gelegenheit, die einmalige Gelegenheit, und sie kam nie wieder.)

Und da waren ihre Freunde von der Detroiter Jugendgruppe der christlichen Glaubensgemeinschaft, die sich beim CVJM trafen. Insbesondere Reverend Deck und seine Frau Penny, alle beide sommersprossig und lächelnd. Schon bei ihrer allerersten Begegnung sagten sie Kathy zu ihr, als hätten sie Kathleen bereits ihr ganzes Leben lang gekannt und nur darauf gewartet, sie zu treffen. So wie Jesus Christus selbst, wie sie erklärten, ihr ganzes Leben darauf wartete, daß Kathleen Hennessy ihm ihr Herz öffnete. Und es ging. *Jesus liebt dich, Kathy!* und *Gott liebt dich, Kathy!*Sie lächelten, als sie ihr von der Liebe und Vergebung und der Gnade Gottes erzählten, von der frohen Botschaft des Evangeliums, von Jesus Christus, der für ihre Sünden gestorben war, damit sie wieder rein gewaschen würde wie Schnee und erlöst und ihr Körper am Jüngsten Tag auferstehen würde. Ja, und vom Höllenfeuer für alle, die nicht glauben wollen, die Jesus Christus nicht in ihre selbstsüchtigen Herzen lassen. Denn hatte unser Heiland nicht gesagt, *Ich bin nicht gekommen, Frieden zu bringen, sondern das Schwert*? Und hatte er nicht zu der Menschenmenge gesagt, als sie die im Ehebruch ergriffene Frau steinigen wollte, *Wer unter euch ohne Sünde ist, der werfe den ersten Stein auf sie*? Und hatte er nicht gelehrt, *Wenn ihr nicht umkehret und werdet wie die Kinder, so werdet ihr nicht ins Himmelreich kommen*? Am schwierigsten für Kathleen Hennessy war die Offenbarung zu begreifen, von der Reverend Deck oft erzählte, daß Jesus sie liebte wie kein Sterblicher sie je lieben konnte; daß Er ihr ihre Sünden vergab wie kein Sterblicher ihr vergeben konnte; daß in den Augen des Vaters die Lahmen und die Schwachen und die Blinden, die Unterdrückten der Menschheit, nicht nur geschätzt wurden wie alle anderen auf der Erde, sondern noch mehr, denn *Die Ersten werden die Letzten und die Letzten die Ersten sein*.

Noch mehr als all jene bedeutete ihr Schwester Bobbi McDermott vom Wayne County Gesundheitsamt, die so freundlich mit Kathleen sprach, als sie sich um eine Stelle als Hilfsschwester bewarb. (Sie wußte natürlich nicht, daß Kathleen im letzten Jahr mehrmals im Amt angerufen und immer schnell aufgelegt hatte, ohne sich zu melden.) Die ihr so freundlich die Pflichten einer Schwesternhelferin und die Beschäftigungsmöglichkeiten im Krankenhaus und in der häuslichen Pflege erklärte, und welche Ausbildung der Staat Michigan verlangte. Die Kathleen höflich fragte, ob sie achtzehn sei oder älter? Ob sie ein High School Diplom oder etwas Gleichwertiges habe? Ob sie über Arbeitserfahrung verfüge? Ob sie Empfehlungsschreiben von Arbeitgebern, Lehrern, einem Pfarrer oder Priester bekommen könne? Wäre sie bereit, Schwer- oder Todkranke zu betreuen? Ältere Menschen? Geistig Behinderte? Würde sie auch Tote »herrichten«, wenn es sein müßte? Wäre sie in der Lage, kurze Lehrgänge an der Abendschule zu besuchen, wenn das Amt ihre Bewerbung genehmigte?

Bobbi McDermott war eine gutaussehende, etwa dreißigjährige Frau mit olivbrauner Haut und kurz geschnittenem Haar, das sich wie bei einem Blauhäher zu einem Federschopf aufrichtete. Wenn sie vom Schwesternberuf und von der Krankenpflege sprach, leuchteten ihre Augen hell. Sie erklärte Kathleen Hennessy, daß von allen Faktoren, die eine gute Krankenschwester oder Schwesternhelferin ausmachten, die *Einstellung* am wichtigsten war: »Denn man sagt, Miss Hennessy, was zählt, ist die gottgegebene Veranlagung des einzelnen. Sie wissen ja, ›Taten sagen mehr als Worte‹.«

Noch nicht bei diesem ersten Treffen, aber in der Woche darauf, als Kathleen mit ihrer ersten Arbeit im Detroit Metropolitan Hospital betraut wurde, wagte sie es, Bobbi McDermotts Hand in ihre zunehmen; impulsiv griff sie danach und hielt die Hand der jungen Frau wirklich fest, mit kindlichdankbarem Gesichtsausdruck, atemlos, lächelnd, die Tränen blinzelnd zurückhaltend und murmelnd: »Oh, danke, Miss McDermott, oh – *Ich liebe Sie.*«

So nannte Kathleen in ihren abendlichen Gebeten all diese Leute beim Namen, und noch ein paar andere. Die anderen, an die sie sich erinnerte. Sie fürchtete wirklich, daß Gott sie ohne ihr Eingreifen übersehen würde, wie Er offensichtlich so viele übersah. *Ich stand vor ihnen, oh, und ich war nicht häßlich oder schwerfällig wie eine Kuh, sondern sie sahen meine Seele wie eine schimmernde Flamme. Sie sahen gar nicht mich persönlich, sondern jemand anderen dort, wo ich stand. Lobet den Herrn.*

2

Genau wie Kathleen Hennessy Jahre zuvor in einer kurzen Phase ihres Lebens, die nun so gut wie vergessen war, als Elfjährige auf der Station eines Kinderkrankenhauses zu unerwarteter Blüte gekommen war, so erblühte sie jetzt sogar noch strahlender als junge Frau von neunzehn Jahren als Schwesternhelferin im Detroit Metropolitan Hospital. Dort wurde sie in Dingen ausgebildet wie dem *Handwaschverfahren*, die sie mit der Zeit bis fast zur Trance hin faszinierten, als ob sie glaubte, solche Prozeduren, in die sie von ihren Vorgesetzten eingewiesen wurde, wären Anhaltspunkte für ein grundlegendes Prinzip des Universums, sowohl der menschlichen Welt, die so schwer zu verstehen, geschweige denn zu bewältigen war, als auch der Welt jenseits der menschlichen, die bis zum heutigen Tag unverständlich, unergründlich war. So befolgte sie in einer Art wachem Trancezustand mit einem kleinen, verkniffenen Lächeln auf dem Gesicht und gesenkten Augen gleichsam in zaghafter Ehrfurcht jedes Gebot des *Handwaschverfahrens* –

Da Waschbecken als infiziert gelten,
Hebel nur mit Fuß, Knie oder Ellenbogen bedienen,
um Wasser und Reinigungsmittel zu dosieren.
Wasserhahn auf WARM drehen.
Hände gut befeuchten.
Reichlich Seife verwenden.
Beim Einseifen auf Fingerzwischenräume konzentrieren.
20 Sekunden einschäumen.
Gründlich abspülen, Hände dabei nach unten halten.
Noch einmal spülen.
Hände sorgfältig mit sauberem Papierhandtuch abtrocknen.
Seife auf Zinkablage legen (nicht in Schale).
Mit sauberem Papierhandtuch Wasserhahn zudrehen.
DAUER DES GESAMTEN VORGANGS UNGEFÄHR 1 MINUTE.

– denn den Schwesternhelferinnen wurde eingeschärft, daß in einem Krankenhaus das gesamte Personal, egal welchen Ranges, und alle Patienten, ganz unabhängig von ihren Diagnosen, als potentielle Träger von Krankheitserregern *Bakterien Viren Rickettsien Pilzen Würmern Protozoen* gelten. Deshalb wurde von allen die peinlichste Hygiene verlangt: Tägliches Baden und Haarewaschen zu Hause, tadellos saubere Uniformen, Unterwäsche, Strümpfe, Schuhe, sorgfältiges Händewaschen entsprechend der Krankenhausvorschrift nach jedem Kontakt mit einem Patienten oder nach Routinearbeit im Patientenbereich. Ja, und nach Erledigung bestimmter Aufgaben mußte ein starkes Desinfektionsmittel benutzt werden, nämlich nach dem Baden von Patienten, der Säuberung des Patientenbereichs, dem Wegräumen von Essenstabletts, Bettutensilien, Bettpfannen und Urinflaschen... Es war in der Tat ABSOLUT NOTWENDIG, daß alle Bettpfannen und Urinflaschen mit kaltem Wasser ausgespült, mit einer Toilettenbürste und Bakterizid geschrubbt, dann wieder ausgespült und nicht kürzer als dreißig Minuten gekocht wurden. Als einzige von den neuen Hilfsschwestern erfaßte Kathleen Hennessy sofort und mit befriedigter Miene die Logik, daß die leichtsinnig

Lebenden eine wahre Todesaura umgab; daß unsichtbare Feinde unaufhörlich Einlaß in alle menschlichen Öffnungen suchten, genau wie der Teufel, wie Reverend Deck warnte, unaufhörlich Einlaß in die reinsten und unschuldigsten Seelen suchte. *Man konnte nie wachsam genug sein.*

Und trotzdem, was für eine Freude – sie leuchtete doch sicher in ihrem Gesicht? In ihren Augen? Im Glanz ihrer Haut? – als sie endlich das korrekte Verfahren zum Bettenmachen erlernte; zehn Arbeitsschritte für leere Betten, neunzehn für belegte; als sie das korrekte Verfahren zum Baden eines Patienten lernte, außerhalb des Bettes oder drinnen; als sie das korrekte Verfahren dafür lernte, die Patienten zu bewegen und in die richtige Lage zu bringen – ambulante Patienten, bettlägerige Patienten, Patienten, die sich nicht aus eigener Kraft bewegen konnten, bewußtlose oder komatöse Patienten. Es machte ihr Freude, Patienten beim Essen zu helfen, und natürlich machte es ihr am meisten Freude, wenn jemand gut und mit Appetit aß; sie vergaß nie, der Schwester diejenigen zu melden, die schlecht aßen. Und sie, die sich jahrelang übereilt und sogar widerwillig die Zähne geputzt und vor Scham die Augen von ihrem Spiegelbild abgewandt hatte, fand Befriedigung darin, die Zähne von Patienten zu putzen, die es nicht selbst tun konnten; ihre Münder sorgfältig zu reinigen, wenn nötig Gebisse zu säubern. Denn es war eine plötzliche Offenbarung für sie, daß kein Mund häßlich war, egal wie mißgebildet, egal wie schief und faul die Zähne waren: Kein Gesicht, kein Körper, kein Leben.

Lobet den Herrn. Für sein ganzes Werk.

Deshalb antwortete Kathleen verwirrt, als eine ältere Frau eines Tages in Tränen ausbrach, während Kathleen sie badete, und mit matter, gebrochener Stimme sagte: »Ich war nicht immer so, ich war auch mal so jung wie Sie.« »Oh – aber Gott liebt uns doch alle«, und sie drückte der Frau die Hand. Und so verharrten sie einige Sekunden. *Lobet den Herrn.*

Es lag eine subtilere Freude darin zu lernen, widerspenstige oder phantasierende Patienten zu ihrem eigenen Schutz an Hand- und Fußgelenken am Bett festzubinden; »Handschuhe« vorzubereiten – gepolsterte Handschützer –, um unvernünftige Patienten davon abzuhalten, sich Infusionsnadeln, Abflußkanülen, Harnkatheter und ähnliches herauszuziehen. Manchmal schrien Patienten, *sogar erwachsene Männer*, oder weinten oder bettelten: »Tun Sie mir nicht weh!«, und ihre Augen suchten panisch die von Kathleen, und Kathleen war ermächtigt, sie zu beruhigen, mit ruhiger, fester, überlegener Stimme wie die eines anderen: »Niemand wird Ihnen weh tun, bitte entspannen Sie sich. Es ist zu Ihrem eigenen Besten.« Was immer die Wahrheit war.

Als die Wochen vergingen, bemerkte Kathleen, daß ihre Beobachtungsgabe sich schärfte, ihre Sinne wurden wachsamer. Wenn sie auch in der Schule – und wie sie die Schule gefürchtet, verabscheut hatte, ihre Klassenkameraden gefürchtet, verabscheut hatte – geistig schwerfällig und ungeschickt gewesen war, im Krankenhaus war sie so intelligent wie die anderen Schwesternhelferinnen. Oh, sie war sich sicher – sie war sicher: Denn welche Freude beim Ausfüllen der Krankenblätter, auf einer Checkliste zu vermerken, ob ein Patient *Schmerzen hatte* oder *krank aussah* oder *müde* oder *gesund*; ob ein Patient *bewußtlos* oder *deprimiert* oder *unruhig* oder *ansprechbar* war; die Häufigkeit, Menge und Art seines »Outputs« von Erbrochenem, Urin, Fäkalien, Wunddrainagen, Kathetern, Kanülen. Ihr entging wenig. Ihre Berichte waren sauber und akkurat. Wenn ihr Anweisungen Probleme bereiteten, bat sie eine andere Schwesternhelferin um

Unterstützung, und sie bat selten zweimal um denselben Gefallen. Es schien ihr, als eröffnete sich ihr eine Galaxie von Wundern, als erblühten Gottes Geheimnisse direkt vor ihren Augen, so vieles, das sie in ihrem früheren, blinden Leben niemals erkannt oder vermutet hatte.

Man dankte ihr, sie wurde gelobt.

An einem einzigen Tag wurde ihr oft gesagt: *Gut, Kathleen! Du kapierst es.*

Sie hatte Freundinnen unter den Schwesternhelferinnen. Ein oder zwei Freundinnen unter den Schwestern. Die netten: Midge, Reena.

Die Hilfskräfte, die Krankenpfleger. Sie lächelten sie manchmal an. Nannten sie »Kathleen«, sogar »Kathy«. Sogar die jüngeren Ärzte, die Medizinalassistenten, die Assistenzärzte. Lächelten ihr manchmal zu. Oder in ihre Richtung.

Wir dürfen niemals, niemals den Glauben an uns selbst verlieren, denn Glaube ist alles.

Meistens mochten die Patienten sie. Das sollte über mehrere Jahrzehnte so sein, durch Kathleen Hennessys gesamtes Arbeitsleben hindurch.

Auf der Station im Detroit Metropolitan Hospital, der sie zugewiesen worden war, wurde sie schnell bekannt für ihre Verläßlichkeit, ihren Eifer, ihre angenehme, klaglose Art, die Fähigkeit, Anweisungen zu befolgen, wenn sie ihr genau erklärt wurden. Ihre Energie. Ihre starken, kräftigen Arme. Das schüchterne, flüchtige Lächeln. Diese erschreckte Süße, die wie ein angezündetes Streichholz aus ihrem Gesicht brach.

Sicher, manchmal brachte sie bestimmte Schwestern zur Verzweiflung. Sie konnte geistig schwerfällig, vielleicht sogar taub wirken. Dumm. Plump wie eine Kuh mit breiten, dicken, schinkenartigen Hüften; der Busen schwer und herunterhängend wie bei einer Frau mittleren Alters. Aber ihre Hand- und Fußgelenke waren überraschend schlank. Sie hielt sich oft mit einer Art Stolz und Anmut, wenn sie sich vollkommen lautlos in ihren makellosen, weißen Schwesternschuhen bewegte. Ihre Uniformen waren frisch, wenigstens zu Beginn ihrer Schichten. Ihre Strumpfnähte waren gerade. In Nachahmung einer der beliebten jungen Schwestern trug sie ihr Haar geflochten oder offen oder am Kopf festgesteckt, ordentlich unter der weißen, gestärkten Haube verborgen. Ihr Gesicht war mondförmig, rundlich, ihr Teint gesprenkelt und etwas grob, aber nicht mehr sichtbar durch Akne entstellt. Und wenn winzige Kerben und Narben auf ihrer Haut zurückblieben, konnte man sie unter dickem Make-up und einer Puderschicht verstecken.

Und Kathleens prüder, kleiner Mund – er war jetzt attraktiv und bereit zu lächeln. Sorgfältig mit Lippenstift nachgezogen, korallenrosa oder orangerot oder richtig rot oder, am allermondänsten, in einem tiefen, satten Burgunderrot. *Verlier niemals, niemals den Glauben.*

»Die? Hennessy? Sie ist ein gutes Kind.«

»Sie ist okay, wenn man sich erst mal an sie gewöhnt hat.«

»Nicht grad aufgeweckt, aber auch nicht blöd.«

»*Schielt* sie?«

»Jedenfalls befolgt sie die Anweisungen.«

»Oh, aber –« (Gelächter) »armes Ding!«

»Wie alt, glaubst du? Viel älter als –«

»Nee, sie ist jünger. Connie sagt zwanzig.«

»Zwanzig? Ich glaub's nicht.«

»*Die*? Hennessy?«

»Ja, *wirklich*. Connie hat gesagt, sie waren zusammen im Bus und sind ins Gespräch gekommen.«

»Gott, das arme Ding, sie ist so –«

»Ach komm, sie ist in Ordnung.«

»Ihre Augen, schielt sie nun? Oder was?«

In der Toilettenkabine kauernd, spürte Kathleen, wie ihr Gesicht in Flammen stand, ihr Haar in Flammen, und ihr Herz klopfte so heftig, daß sie Angst hatte, sie könnten es hören und würden sie entdecken. Aber sie gingen lachend hinaus, und allein wischte sie sich die Tränen aus den Augen. *Oh, aber sie mögen mich doch, oder? Sie sind doch meine Freundinnen, oder nicht?*

FÄKALIEN FINGER FLIEGEN FEINKOST FLÜSSIGKEITEN

– bestimmte Worte gingen ihr ununterbrochen durch den Kopf, wie kleine Gebete, für die sie, Kathleen Hennessy, lediglich ein Vehikel war –

FÄKALIEN FINGER FLIEGEN FEINKOST FLÜSSIGKEITEN

– wofür man Gott loben sollte.

Endlich kam der Tod zu ihr.

Sie hatte gewußt, sie mußte sich eines Tages in Gegenwart des Todes wiederfinden, eines Tages mußte sie helfen, einen verstorbenen Patienten fürs Leichenschauhaus vorzubereiten. Doch als ein Patient praktisch vor ihren Augen starb, war sie verwirrt, als würde ihr jemand eine Art Streich spielen, wie es einmal ein Mann getan hatte. *Auf Kathleens eigenem Bett ausgestreckt, Beine und Arme ausgebreitet, die Zunge herausragend und die dummen Augen in den Kopf zurückgerollt, die Hose offen und sein rot-*

adriges, erigiertes Ding wippte. Deshalb konnte sie nicht sprechen oder verstehen und starrte auf die bewegungslose Gestalt im Bett und befeuchtete schließlich die Lippen: »Oh, Mr. –, oh, geht es Ihnen – geht es gut – Sind Sie – Oh –«. Sie wußte nicht, was sie sagte, aber sie wußte, der Mann mußte tot sein, ein ausgemergelter Krebspatient mit einem Gesicht wie ein zerknitterter Lumpen, nicht alt, aber auch nicht jung, unbestimmtes Alter, schrecklich, darüber nachzudenken. Und sie hatte natürlich gewußt, daß er im Sterben lag: Es war klar, daß er starb. Trotzdem fragte sie sich jetzt, ob nicht ein Fehler vorliegen könnte. Sie wußte, sie sollte die Leiche nicht anfassen, aber in plötzlicher Panik – man würde ihr die Schuld an seinem Tod geben – ergriff sie seine Hand, seine kalte, schlaffe, gummiartige Hand, und sagte bettelnd: »Oh, bitte nicht – o NEIN, o NEIN« und fing an zu weinen, mit krächzenden, verängstigten Schluchzern, über die Gestalt im Bett gebeugt, so runzelig, mit spitzen Knochen, die Augen matte Schleimhalbmonde unter den Lidern, nur ein paar klägliche Haare, merkwürdige Leberflecken auf der Kopfhaut. Das Gebiß war vorsichtig entfernt worden, als der Patient ins »Ruhezimmer« verlegt wurde, wie es genannt wurde, weg von der offenen Station. Und sie waren ermahnt worden, sich ihm gegenüber natürlich zu verhalten, und in seiner Gegenwart versicherten sie ihm weiterhin, daß alles gut war, daß alles, was für ihn getan werden konnte, auch getan wurde. Selbst als der Patient schon bewußtlos zu sein schien, sein Mund schlaff und mit wunden Stellen, die auf seinen Lippen glänzten. *Denken Sie daran, der Hörsinn ist bis zum Lebensende aktiv*. Deshalb verstand Kathleen Hennessy eindeutig, daß der Mann im Sterben lag; wäre sie gefragt worden, hätte sie geantwortet: »Ja, der Patient in diesem Zimmer stirbt.« Schon wochenlang hatte er an einem Dauerkatheter gehangen, der fast ununterbrochen winzige Mengen streng riechenden Urins entleert hatte. Und sie war mehrmals um Hilfe gebeten worden, als er gebadet wurde, und darum, bei einem Einlauf zu assistieren. Trotzdem weinte sie jetzt und drückte seine tote Hand in ihren lebenden Händen. Und in dieser Haltung wurde sie von der Stationsschwester entdeckt, die sie zuerst in scharfem Ton ansprach: »Kathleen«, sie sagte: »Kathleen«, und berührte dann ihre Schulter, aber behutsam, wie um sie zu erlösen. Also floh sie wie ein großes Baby.

Es war sehr früh am Morgen, eine gazeartige Dämmerung. Wie ungerecht, dachte Kathleen, daß eine Seele gerade zu dieser Stunde dahingehen sollte, wenn ein Tag anbrach, und während in einem anderen Flügel des großen Krankenhauses neue Seelen geboren wurden.

Plötzlich erinnerte sie sich an das brennende Haus, an die Asphaltverkleidung, von der man nicht gedacht hätte, daß sie mit solcher Heftigkeit brennen würde; wie ein Komet, der vom Himmel gefallen war, stand das Haus in Flammen. Und alle, die zusahen, waren schuldlos; Kathleen Hennessy war sicher schuldlos und wurde nie auch nur einen Augenblick lang verdächtigt. Und vielleicht war es wirklich nicht sie gewesen, die eine brennende Zigarette auf einen schmierigen Lumpen hatte fallen lassen, der so seltsam in einem Schrank im vorderen Teil des Hauses versteckt lag. Vielleicht war es jemand völlig anderes gewesen und sogar dieser andere Beteiligte war völlig unschuldig im Angesicht des Schauspiels von Gottes Zorn, des Todes. Und jetzt versteckte sie sich wie ein Feigling und ein Dummkopf in der Damentoilette, in diesem stinkenden, fensterlosen Raum, wo im Spiegel die großbrüstige Kathleen Hennessy mit dem dicken Hintern schwebte, die es nicht wagte, sich selbst anzusehen *Oh! Ich schäme mich so* und ihr Gesicht verbarg, von dem die

Tränen herabströmten. Obwohl sie genau wußte (denn war sie nicht belehrt worden? Viele Male? Von ihren Vorgesetzten, viele Male?), daß ihre Finger durch Keime und Bakterien infiziert waren. Plötzlich entschloß sie sich, oder kam der Entschluß von außen, wie eine Hand, die sie fest zwischen den Schulterblättern drückte, sie drängte, sie antrieb? Ja, sie rannte zurück in das Zimmer des Patienten und meldete Schwester Edith Myers, daß es ihr wieder gut ginge, sie sich gut fühle, daß sie bereit sei, den Verstorbenen herzurichten; es tue ihr leid, daß sie derart zusammengebrochen sei, doch nun sei sie bereit. Und es kam ihr vor, als würde ein Streichholz in einem verdunkelten Raum auflodern, als Schwester Edith Myers sie erschreckt ansah und lächelnd sagte: »Kathleen, sind Sie sicher? Sie sehen so blaß aus. Ich kann jemand anderes holen, falls –«

Kathleen sagte schnell: »Oh – oh ja! Oh nein! – Ich meine – *bitte holen Sie niemand anderen.*«

In so einem Dämmerzustand, weder schlafend noch völlig wach, befand sich Kathleen Hennessy über die Jahre hinweg vom Detroit Metropolitan Hospital zum Twin Oaks Genesungsheim in Hamtranck, zur Klinik der Helene P. Olden-

Stiftung in Livonia, zum Hl. Franz von Assissi-Rehabilitationszentrum, wieder in Detroit, zum Medizinischen Rekonvaleszenszentrum in Greater Detroit, zum Sunnyfield Genesungsheim in der Seven Mile Road, fand sich in einer Reihe von Ichs wieder, die automatisch und mit unerschöpflichem Selbstvertrauen und immer mit Befriedigung diese scheinbar uralten Riten ausführten, die mit den Toten verbunden sind: mit dem Tod.

Verfahren:

Sterbepaket besorgen (ein Laken zum Einwickeln, Watte, Polstermaterial, Verbandsrollen, Sicherheitsnadeln, Namensschilder, Totenschilder).

Kopfstütze niedriger stellen. Nur ein Kissen.

Toten in natürliche Position bringen. Arme an die Seiten. Handflächen zum Körper drehen.

Augenlider behutsam schließen.

Sauberes Gebiß wiedereinsetzen (falls nötig).

Mund vorsichtig schließen.

Medizinische Ausrüstung, wie z. B. Tropfständer, Sauerstoff, Absaugausrüstung etc. entfernen.

Für Verlegung: Bahre, Laken (2), Halteriemen für Tragbahre (2), Wäschekorb, große Papiertüte. KEIN EINTRITT-Türschild.

Alle Bettbezüge entfernen, Vorhang hängen lassen.

Patienten entkleiden.

Alle Kanülen, Verbände, Katheter entfernen.

Haut von alten Klebebandspuren säubern.

Behutsam auf Blase drücken, um angesammelten Urin zu entfernen, Wattebäusche über Rektum und Genitalien legen, um nach Entspannung der Schließmuskeln austretende Fäkalien und Urin aufzusaugen.

Herunterfallenden Kiefer mit gefaltetem Polstermaterial abstützen.

Fußknöchel mit Baumwolle polstern und mit Verband zusammenbinden.

Ein unterschriebenes Schild an rechten großen Zeh binden.

Zweites unterschriebenes Schild an linkes Handgelenk binden.

Leiche vorsichtig an Bettrand rollen und ein sauberes Laken diagonal unterlegen.

Leiche mitten auf Laken zurückrollen.

Oberen Teil des Lakens locker über Kopf und Gesicht schlagen, unteren Teil über Füße.

Arme rechts und links festhalten, während

Laken zum Abschluß von beiden Seiten übergeschlagen wird.

Mit Sicherheitsnadeln feststecken.

Drittes unterschriebenes Schild außen anbringen.

(Falls Gebiß nicht eingesetzt werden konnte, in Gaze einwickeln, mit Namen versehen und neben Schild feststecken.)

Eingewickelte Leiche auf Bahre heben. Halteriemen an Brust und knapp über Knien anbringen.

Leiche mit Laken abdecken.

Leiche schweigend und mit Würde ins Leichenschauhaus überführen.

Wenn möglich öffentliche Eingänge und Flure meiden.

Mit Bahre auf Station zurückkehren.

Abschließende Reinigung des Zimmers und Beseitigung alles infizierten Materials.

3

Augen verfolgten sie. Oft.

Augen und Hände, Gesten. Und lüsterne Gedanken lüsterner Männer.

In der vollen Blüte ihrer Jugend hatte Kathleen Hennessy wenn auch nicht direkt Verehrer, so doch männliche Gesellschaft der einen oder anderen Art: Durchschnittlich ein oder zwei Verabredungen pro Woche. Sie traf sich bei der Detroiter Jugendgruppe der christlichen Glaubensgemeinschaft, wo junge Männer und Frauen freitagsabends in der Turnhalle des YMCA am West Grand Boulevard zu Schallplattenmusik tanzten (und wo ihr einmal am Ausgang ein gedrungener Philosophielehrer mit Schweißhänden, der Bill Brandt hieß, zuflüsterte: »Ich – Ich mag dich sehr g-gern, Kathleen« und sie auf die Lippen küßte, aber nach diesem Abend nie wieder mit ihr sprach; aus welchem Grund, erriet die beschämte junge Frau nicht). Und sie traf sich mit Unbekannten, Verabredungen, die ein paar ihrer wohltätig gesonnenen Kolleginnen im Krankenhaus für sie arrangierten – (die nächtlichen Detroiter Straßen entlangrasend, wurde Kathleen in deren Autos oft geküßt, sogar gestreichelt, liebkost – das waren traumähnliche, bierselige Sequenzen, wundervoll aufregend, jedoch selten wiederholt). Dann gab es noch Verabredungen, die sie beiläufig in Bars, Kneipen, Pizzerias traf. In der Krankenhauscafeteria, wo sich Kathleen, erschöpft und schwindelig von ihrer Schicht, mit den anderen jungen, ledigen und daher verfügbaren Frauen verstohlen umschaute, um festzustellen, ob sie gesehen wurde. *Oh, wieso nicht? Warum nicht ich – ›Kathleen‹? Wieso sieht mich keiner von euch?* Doch meistens gingen ihre Augen durch sie hindurch, nicht grausam oder verächtlich, sondern einfach nur nicht wahrnehmend. Als ob ihr Wesen, das sie selbst als fleischig, leidenschaftlich, drängend und so sehnsüchtig empfand, unsichtbar wäre. Und dann, wenn sie die Hoffnung aufgegeben hatte, konnte es unerwartet passieren, daß ein junger Mann, oder ein weniger junger Mann, sich in ihre Richtung treiben ließ,

Kommt er? Kommt er? Kommt er?, gleichsam widerstrebend, sie anstarrte, als würde er von der weißen Uniform angezogen, von dem wie angegossen sitzenden weißen Nylon über Kathleens großen Brüsten, die schon mehr als ein Mann staunend gestreichelt und dabei gemurmelt hatte *Schön!* Und auch das widerwillig, als ob die Worte ihm aufgezwungen wurden, aus ihm ausgestoßen wie Samen. Die großen, weichen herabhängenden Brüste, wie mit warmem Wasser gefüllte Ballons, die anschwellenden Hüften und der Bauch, die feuchte Glätte ihrer blassen, hauchdünnen Strümpfe, die an ihren molligen Oberschenkeln und Knien gegeneinanderrieben. Danach hatte ihr Fleisch manchmal blaue Flecken, wie reife Früchte und auch so geformt, oder Zahnabdrücke tief in den Hautfalten, den Fettfalten am Bauch und an den Schenkeln. Sie hatte schon viel zu früh Speckrollen, obwohl sie jung war – immer noch jung: jung! – und darauf wartete, daß ihr Leben, das Leben, das Gott für sie bestimmt hatte, begann. Manchmal fand sie sich vor Verzweiflung allein oder in Gesellschaft junger Frauen zweifelhaften Charakters wieder, salopp und vulgär. In dieser Gesellschaft war Kathleen Hennessy an einem Samstagabend im Tip Top Café in der Livernois Avenue unsicher lächelnd und ein wenig verängstigt; dort vermischten sich die Rassen und auf der Tanzfläche stießen sie in der schweißtreibenden Hitze und zum Rhythmus einer Live-Combo, die Musik von Chubby Checker, Fats Domino und Little Richard spielte, zusammen. Da gab es das Leaning Tower in der Six Mile Road, Sal's Keyboard Lounge auf dem Weg nach Belle Isle, wohin sie sich etwas zu trinken mitnahmen, und wo Kathleen es in Hörweite der rauhen, plätschernden Wellen des Flusses Detroit zuließ, daß gewisse Dinge mit ihr gemacht wurden, nicht mit ihr, um genau zu sein, sondern mit ihrem Körper. Schwer, passiv, stumm, dennoch dankbar, sogar für diese scheinbar anonymen Handlungen, rohe Liebkosungen, die trotzdem Liebkosungen waren, grobe Küsse, aber immerhin Küsse. Solange sie sich nicht wehrte, würde sie nicht verletzt oder beleidigt werden oder nur selten. Und meistens waren die Männer bereit, sie nach Hause zu fahren, zu dem Haus mit den Schindeln in der Second Avenue, genau unterhalb von Highland Park, wo sie ein Zwei-Zimmer-Apartment gemietet hatte. Sie würde sich nicht erinnern oder nicht an viel von dem, was passiert war. Betrunken und kichernd, als würde sie gekitzelt, stolperte sie die Treppe hinauf, wie zur Unterhaltung der anderen Hausbewohner, der anderen Mädchen, Frauen, Krankenhausangestellten, Sekretärinnen, Bankangestellten, die auch ledig waren und eifersüchtig die Verabredungen der anderen verfolgten. Im Bad zwang sie sich manchmal dazu, sich zu übergeben: Alkohol, Essen, Samen. Nach krampfhaftem Würgen fühlte sich Kathleen immer besser; wie ein Patient, der an starker Verstopfung leidet und dann durch den Einlauf erleichtert wird, eine Erleichterung bis hin zu Freudentränen über die Entleerung solchen Schmutzes, wo Schmutz zu Schmerz geworden, nicht von Schmerz zu unterscheiden war: *Oh, vergib mir, Gott!* Fast immer fühlte sie sich dann besser, wiederhergestellt, außer wenn sie entdeckte, daß er ihr etwas angetan hatte. Die Seidenunterwäsche zerrissen, schmerzende Brustwarzen, das zarte Fleisch von Schamlippen und Scheide wundgerieben. Aber was sie eines Nachts ganz verzweifelt zum Weinen brachte, eine Woche nach ihrem zweiundzwanzigsten Geburtstag, im März 1972, als sie tatsächlich mit einem jungen Assistenzarzt aus dem Krankenhaus ausgegangen war, einem dieser jungen, ledigen Ärzte mit nervösem Blick, die von den weißen Uniformen der Schwestern und Schwesternhelferinnen angezogen wurden, sehnsüchtig und verächtlich zugleich. *Oh, sicher, sie sind verrückt nach dir. Klar vögeln sie dich, aber sie heiraten dich ganz bestimmt nicht, die arroganten Arschlöcher, die geilen Scheißkerle von der medizinischen Hochschule. Aber wenigstens benutzen sie Kondome.* In der Cafeteria hatte er einen Stuhl neben sie gerückt und gefragt, ob sie gern irgendwann mit ihm zu Abend essen würde, etwas trinken oder was auch immer. Er habe sechsunddreißig Stunden Bereitschaftsdienst, bis Samstagabend. Dann habe er etwas Freizeit. Vielleicht dann? Und Kathleen Hennessy hörte diese Worte durch einen Nebel rauschender Verwirrung, wahrscheinlich Blut, das in ihren Ohren toste. Sie hatte es fertiggebracht, eine Antwort zu stammeln, und war bis zu den Haarwurzeln errötet. Der Name des jungen Arztes war Orson Abbott, und sie hatte ihn schon seit langer Zeit mit ihren Blicken verfolgt. Sie kannte seinen Namen nicht und glaubte, er sei für sie so unerreichbar, daß es sich nicht lohne, seinen Namen herauszufinden. Dort im Krankenhaus lernte man schnell, welchen Rang, welchen Platz, welchen Wert man hatte, und der ihre war austauschbar mit dem jeder anderen Helferin, also gering. Trotzdem war er zu ihr gekommen. Zu ihr, Kathleen Hennessy, auserwählt vor all den anderen. Er hatte sie also auch bemerkt und sprach mit ihr, und natürlich hatte sie eingewilligt, sich an diesem Sonntag mit ihm zu treffen. Aber sie hatten keine Zeit für ein Abendessen im Restaurant, nur für Pizza, die sie im Stehen in einer überfüllten Bar verschlangen. In seinem Auto in Palmer Park hatte er nicht viel gesagt; der Mund war verkniffen, ebenso die Augen mit dem Schuljungenblick hinter der dunkel umrandeten Brille. Und es war passiert, ebenfalls wortlos und eilig; er hatte mit dem Kondom herumgefummelt, »scheiße – o scheiße« gestöhnt und ejakuliert, auf Kathleens hochgezogenen Rock. Was sie jetzt in ihrem Zimmer so verzweifelt zum Weinen brachte, und es war ihr völlig egal, ob die Nachbarn es hören konnten, war das scheußliche Samengerinnsel auf ihrem Rock, ein Schleimklumpen auf ihrem schwarzen Faltenrock aus Wolle von Hudson's, der das schönste Kleidungsstück war, das Kathleen Hennessy je besessen hatte.

Aber es ist versprochen: Die Ersten werden die Letzten und die Letzten die Ersten sein.

Sie mit ihren weißen, gummibesohlten Schuhen, die immer alles makellos sauberhielt, aus Stolz auf ihre weiße, ebenfalls makellose Uniform, wenigstens zu Schichtbeginn. Wie leise, wie kompetent sie sich unter ihnen bewegte, oft unsichtbar, aber immer da, immer verfügbar, die verläßlichste der Helferinnen, die mit einem fast nicht wahrnehmbaren Nicken andeutete: *Ich kenne meine Position: Ich bin glücklich in meiner Position*. Wer hätte sie der Grausamkeit verdächtigen sollen, die sie in ihrem Herzen hegte? Kathleen Hennessy mit ihrem verschleierten und ausweichenden Blick und ihrem kleinen Lächeln, mit dem sie auf das freundliche, ermunternde Lächeln anderer reagierte, wer hätte einen Grund gehabt, ihr zu mißtrauen? Und warum? Seit dem Todesfall an diesem Märzmorgen, der zwar unerwartet, doch nicht völlig unerwartet kam. Eine noch relativ junge Patientin mittleren Alters, erschöpft von ihrer Qual, einer Gehirngefäßerkrankung mit Komplikationen wegen Diabetes, zu schwach, um auf Besucher zu reagieren und deshalb isoliert in einem Einzelzimmer inmitten eines Traums prachtvoller Topfblumen – Chrysanthemen, Azaleen, Hortensien. Dem Krankenhaus wurde später vorgeworfen, daß sie zur genaueren Beobachtung auf die Intensivstation hätte verlegt werden müssen, weil ihr Zustand unverändert blieb und fünf Tage nach der Operation nur langsam besser wurde. Sie hatte 38°C

Fieber aufgrund einer Krankenhausinfektion, das sie schließlich auf 37°C herunterdrückten. Trotzdem, sie mußte mit der Sonde ernährt werden, flüssige Säuglingsnahrung wurde ihr langsam und mühsam durch eine Magensonde eingetrichtert, die in eins ihrer Nasenlöcher eingeführt und fest angeklebt war. Nach Angaben der Schwester, die mit dem Füttern begonnen hatte, und der Schwesternhelferin, die zu Ende gefüttert hatte und danach noch geblieben war, um sauberzumachen, hatte sich der Zustand der Frau nicht sichtbar verändert: Atmung normal, Herzschlag normal, Reaktion auf das Füttern normal. Was man eben unter diesen Umständen als »normal« bezeichnen konnte.

Nachdem alle Wiederbelebungsversuche gescheitert waren und der Stationsarzt keine andere Wahl hatte, als die Patientin für tot zu erklären, wahrscheinliche Todesursache »Herzstillstand«, war Hilfsschwester Kathleen Hennessy, ohne daß man es ihr hätte sagen müssen, schon losgegangen, um das Sterbepaket zu holen, und begann nun sicher und geschickt damit, die Leiche für Familienangehörige und für die Leichenhalle des Krankenhauses herzurichten. *Ich hab nichts dagegen, ich hab nichts dagegen, ich hab nichts dagegen, es zu machen. Es ist meine Arbeit, warum sollte ich was dagegen haben?* Aber das scheußliche Samengerinnsel ging nie vollständig aus ihrem schwarzen Faltenwollrock von Hudson's heraus.

4

Manchmal schien Orson Abbott von Kathleen Hennessy nicht mehr Notiz zu nehmen, als schwebte dort, wo sie sich bewegte, nur eine Staubsäule in der Luft. Sein finsterer Blick durchbohrte sie, sah nichts, zeigte kein Gefühl; es ließ sie erschaudern, derartig vernichtet zu werden, derartig ausgelöscht. *Als hätte es mich nie gegeben, als hätte er mich niemals berührt.* Manchmal allerdings starrte der junge Mann sie unerwartet begierig an, als würde er gegen seinen Willen und sogar wider sein sexuelles Verlangen angezogen, hungrig, mit leicht hochgezogenen Lippen, einem Lächeln ähnlich, und hinter seiner Brille blinzelte er verwirrt und wütend. Das sah sie. All das sah sie. Sie murmelte: »Oh, hallo, Dr. Abbott –«, die Stimme atemlos und kühn, und sie huschte scheu an ihm vorbei und paßte den Zeitpunkt so taktvoll ab, daß er sie überhaupt nicht grüßen mußte, wenn er nicht wollte.

Im Frühjahr 1972 schien *sie* immer da zu sein, im flimmernden Umkreis seiner Phantasie: diese untersetzte, passive Säugetiergestalt, die nackt zu sein schien, selbst wenn sie angezogen war. Der Kopf unauffällig, klein, das Gesicht verkürzt und unerheblich wie bei einem späten Aktgemälde von Renoir, knochenloses Fleisch. Sie zeigte kein wahrnehmbares Bewußtsein ihrer selbst, keine ungezwungene Koketterie, kein Flirten, so wie er es gewohnt war, schon seit seiner Kindheit.

Nie vorwurfsvoll. Kein Anzeichen von Bitterkeit.

Und keine Ironie, wenn sie ihn nicht Orson, sondern Dr. Abbott nannte.

Sie traute sich nicht richtig, ihn anzulächeln. Eilte immer auf stämmigen, muskulösen Beinen an ihm vorbei. Geräuschlos, ein warmer, heftiger Geruch folgte ihr unmittelbar nach, forsch und mit Krankenhausangelegenheiten beschäftigt. Kuh. Schlampe. Nicht du.

Trotzdem konnte es sein, daß er von ihr träumte. Zähneknirchend, leidend. Das erstickende Säugetierfleisch, das sich nah an ihn drängte,

Ballonbrüste, die seinen Mund ausfüllten, Beklemmung, Entsetzen, kratziges Schamhaar, das an seiner Brust scheuerte... Und er weckte sich selbst mit einer heftigen Bewegung, kurz vor dem Orgasmus – O nein, o nein, nein, das machst du *nicht*.

Was war sein Rezept, mit dem er die Tage, die Nächte, die Sechsunddreißig-Stunden-Schichten im Krankenhaus durchstehen konnte, Sonnenschein wie zerbrochenes Glas auf der John Lodge Schnellstraße, in Zement eingekeilter Himmel über ihm? – Eine Quaalude auf zwei Dexedrin. Fingerspitzen und Augäpfel elektrisch aufgeladen mit der Energie, die Leben spenden oder Toten den Anschein von Leben geben konnte.

In diesen letzten Monaten seiner medizinischen Karriere rutschte der achtundzwanzigjährige Orson Abbott ab, versagte er. Man kann den Grad seines Scheiterns an den Augen anderer ablesen, die einen einschätzen, beurteilen. Das machte ihn nervös, defensiv, schlechtgelaunt, wie er es schon als Medizinalassistent am Columbia Presbyterian Krankenhaus gewesen war. *Orson Abbott? Ist das der Sohn von?* Ja, er war der Sohn von, wie konnte er nicht der Sohn sein von: Larry Abbott, dem Internisten, dem Gefäßchirurgen, bekannt durch seine Gesundheitspolitik in Michigan, Kumpel vom Gouverneur, und Arzt der Automultimillionäre von Grosse Point. Ja, er war der Sohn dieses Vaters, was ihm niemand je zu vergessen gestattete, eine Tatsache, die ihn mit Wut und Schuld und Angst erfüllte, sogar mit kindlicher Ungläubigkeit, als er ahnte, daß seine medizinische Karriere, seine »Zukunft«, zu enden drohte. Die schnellen Pillen schärften sein Gehör, seine Sehkraft, er konnte um Ecken sehen.

Nicht, daß er sein Leben als Arzt nicht ertragen konnte. Nicht, daß er zum Beispiel die Sozialfälle unerträglich fand, die Flut der leidenden und unartikulierten Menschen, unterernährt und verkümmert, von Läusen geplagte und oft mißhandelte Kinder; Weiße, Schwarze, Lateinamerikaner, Westinder, Asiaten, die erschreckende ethnische Bevölkerung einer großen amerikanischen Stadt, die er bisher nicht bewußt wahrgenommen hatte. Nicht, daß er zum Beispiel den surrealen Schrecken in der Notaufnahme nicht ertragen konnte, die Straßenverkehrsopfer mit Verbrennungen dritten und sogar vierten Grades, an ihren Köpfen fehlten ganze Stücke: zerquetschte Arme und Beine, gebrochene Wirbelsäulen, bluttriefende Abschürfungen wie flüssige Flammen, und die Opfer von Schießereien und Messerstechereien in einer Stadt, die als Murder City, U.S.A. bekannt war, die meisten von ihnen junge Schwarze, »schwarze Jugendliche« im Zeitungsjargon, entschlossen, sich gegenseitig umzubringen. Es war nicht einmal so, daß er das alltägliche Pathos der Alten und Verarmten nicht ertragen konnte, die sprachlose Angst der Gelähmten, die den Sterbeprozeß am lebendigen Leib erlebten. – Im Gegenteil glaubte Orson Abbott, der Sohn von Larry Abbott, er könnte mit der Zeit lernen, das alles sehr gut zu ertragen; er könnte Routine entwickeln, sich verändern, wegziehen, ebenfalls eine Praxis am Stadtrand übernehmen und vergessen.

Deshalb: Bei diesem allmählichen Abwärtsschlittern, das manchmal auf verrückte Art befriedigend war, was von den Schwingungen der Drogenmischung abhing, die Orson Abbotts stark angespanntes Nervensystem gerade kontrollierte, hatte er keine Zeit für sie, diese Hilfsschwester, wie sie auch immer hieß, so übermannt von Überraschung oder Ehrfurcht oder Schwärmerei, daß sie sich von ihm hatte vögeln lassen, in seinem Auto, im Halbdunkel, ohne ein Wort des Dankes oder gar der Zärtlichkeit oder des Mitgefühls. Er hatte keine Zeit, er verabscheute sie, ignorierte sie, aber an einem feuchten Abend in der Krankenhauscafeteria, als sein Kopf brummte, rückte er einen Stuhl neben sie, saß ohne einen Gruß da und beobachtete, wie sie unentwegt Zucker in ihren sowieso schon dünnen Kaffee rührte. Und so hielt er ihre Hand fest: »Langsam! Sie werden fett«, und sie zuckte zusammen, starrte ihn an, ihre kleinen, hohlen Augen, die nur ein bißchen zu schielen schienen, glänzten plötzlich feucht vor Kränkung, kapitulierend.

Schnell sagte sie: »Oh! Tut mir leid.«

Der Löffel polterte auf den Tisch, fiel zu Boden.

Sie zuckte so oft zusammen, wimmerte sogar.

Wenn er sie anfaßte, und seine Berührung gemein wurde.

JE: Junge Erwachsene war der Büchereicode, aber Kathleen Hennessy war nicht die einzige erwachsene Frau, die sie in der Zweigstelle der Detroit Public Library in der Second Avenue auslieh: *Schwester Lesleys verlorene Liebe, Schwester Brendas Herausforderung, Schwester Abigail, bitte kommen!, Schwester Rosemary Ames berichtet, Schwester Caroline und das Geheimnis von Avalon Manor, Schwester Barbaras Romanze, Schwester Darlenes erstes Jahr,*

Schwester Lucys gebrochenes Herz, Judy Robinson – geprüfte Krankenschwester, Lucy Jackson – Schwester beim Militär, Kathy Cameron – Lernschwester. Einheitlich aufgemachte Bücher von zweihundert Seiten mit bebilderten Einbänden, eselsohrigen Seiten und Buchstaben, die groß genug waren, um die Augen nicht zu überanstrengen oder seelisches Unbehagen zu verursachen. Obwohl sie langsam las, manchmal äußerst langsam, ihren Zeigefinger sorgfältig unter jedem Wort bewegte, während sie es stumm in ihrem Kopf erklingen ließ, konnte sie eins davon gut in der Zweiwochenfrist schaffen, die von der Bibliothek gewährt wurde. Manchmal brachte sie innerhalb so kurzer Zeit eins zurück und lieh ein anderes aus, daß sie den Eindruck hatte, die Bibliothekarin lächele sie anerkennend an, wie Mrs. Feinberg sie einst angelächelt hatte. *Komm, Kathleen, natürlich kannst du das. Hör auf zu sagen, du kannst das nicht!*

Er sagte: »Dein Kopf ist in Wirklichkeit gar nicht so groß wie eine Erdnuß, von nahem gesehen. Nur manchmal aus der Ferne. Wie ist das zu erklären? Optik?«

Kurzsichtig ohne Brille, ein träumerisches Staunen im Gesicht.

Da war Sally, eine der Schwesternhelferinnen auf der Station, da war dieses junge Mädchen, Trish, gerade mit der High School fertig, und Midge Fleming, die Kathleens spezielle Freundin auf der Station war, und sie alle trugen seit Weihnachten neue Verlobungsringe, und Kathleen freute sich sehr für sie, war überhaupt nicht neidisch oder eifersüchtig, denn es erschien ihr logisch, daß Gott eine bestimmte Gruppe von Menschen mit seinen Geschenken überhäufte wie mit Sonnenstrahlen. Deshalb konnte sein Segen, wenn man sich inmitten der Gesegneten befand, bald auch einen selbst treffen. War das nicht logisch? War das nicht seine Art? Deshalb versuchte Kathleen, sich ihre Bekannten sorgfältig auszusuchen, bei der Arbeit und in der Glaubensgemeinschaft (obwohl alle, die dazugehörten, Christen waren, schienen manche mit ihrem Glauben glücklicher zu sein als andere, und mit Sicherheit fiel Gottes Segen üppiger auf die ersten herab als auf die anderen). Sie hoffte, daß Gott gütig über sie urteilen würde. *O Herr, sieh in mein Herz und mach, daß ich eins mit mir werde.* Und im Krankenhaus waren es die jungen, verheirateten Patientinnen, die sie am meisten faszinierten. Kathleen sah stets sofort nach, ob eine Frau verheiratet war oder verlobt. Trug sie Ringe an ihrer linken Hand? *Warum sie und nicht ich? Wieso sie und nicht ich?* Sie lächelte sie immer an, in der Hoffnung, sie würden zurücklächeln, was manche auch taten. Aber andere hatten Sorgen oder Schmerzen oder waren betäubt und nicht fähig, Kathleen Hennessy zu bemerken, wenn sie an ihren Betten stand und sie anstarrte. Da sie nicht der Entbindungsstation zugeteilt war, traf sie jüngere Patientinnen selten. Deshalb war eine relativ junge Frau oder ein Mädchen, verheiratet oder nicht, etwas Ungewöhnliches. *Sie ist doch nicht hübscher als ich, oder?* Einmal brachte sie ein Essenstablett zu einer jungen Frau in ihrem Alter, die einen goldenen Ehering an der linken Hand trug und einen goldenen Verlobungsring mit einem erhöhten Kelch kleiner Diamanten, die das spärliche Sonnenlicht auffingen und es in eine Flamme verwandelten; eine junge Frau, die wegen einer Notoperation am Blinddarm eingeliefert worden war und sich jetzt erholte, aber noch verängstigt war, mit Schatten auf dem Gesicht, ihr zartes, gutes Aussehen verwischt, wie von einer grausamen Hand. Zögernd lächelnd stand Kathleen an ihrem Bett, und die junge Frau sagte scharf: »Warum sehen Sie mich so an?« Als Kathleen keine Antwort gab, zu verwirrt, um zu antworten, sagte sie, und ihre Stimme wurde lauter: »Sie, bitte, wieso sehen Sie mich so an? *Ich mag das nicht.*« Daraufhin stammelte Kathleen eine Entschuldigung, wich zurück und fürchtete, die junge Frau würde sich bei ihrem Arzt oder der Stationsschwester beschweren oder bei ihrer Familie; doch das passierte nicht, soweit Kathleen wußte.

Am meisten fürchtete Kathleen Hennessy im Frühjahr 1972: Daß man Orson Abbott Lügengeschichten über sie erzählte.

Ein Gefühl, als krabbelten brennende, rote Ameisen über sie, von den Zehenspitzen bis hoch zur Kopfhaut, ließ sie erschaudern und sie dachte: *Hoffentlich nicht. Oh, hoffentlich nicht! Oh, Gott, das würdest Du doch nicht zulassen!*

Wenn er anschwoll, wurde sein Penis so dick wie eine Rute, bis er äußerst gespannt war, kurz vorm Explodieren: so hart wie Kalkstein.

Er lachte erschreckt, als sein Körper schnell zu schrumpfen begann; die Arme, die Beine, das ganze Blut schoß in seinen Penis und entzog dem Gehirn Sauerstoff, seine Sinne verwirrt, Muskeln schwach wie die eines Kindes. Und die Rippen zeichneten sich unter der straffen Haut ab, sein Schlüsselbein; wie dürr er geworden war, wie eingesunken und funkelnd seine Augen. Er befahl ihr: »Lutsch ihn mir ab, um Himmels willen.

Mach dich an die Arbeit!«, und starrte sie angewidert und fasziniert an, als sie sich wortlos und unverzüglich über ihn beugte, ihre riesigen Brüste herunterhängend, die riesigen Brustwarzen, ihr Bauch ein zerknitterter Sack, ein Stück von ihrem Schamhaar mit derselben Farbe und Struktur wie das auf dem Kopf, die flache Stirn verkürzt, als sie ungeschickt auf der Bettkante kniete und ihr Gesicht zu seinem Penis herabsenkte. Und er konnte ihr nicht zusehen, wie immer sie auch hieß, wer sie auch immer war. Kuh, Schlampe, ihre Möse war ihr Mund, aber ihr Mund war vielleicht eine reinere Möse. Er schloß die Augen und lachte, er war ein kleiner, wimmernder Junge, beinahe schluchzend. Zum Schluß konnte er sich nicht zurückhalten und packte ihren Kopf, der sich auf und ab bewegte, das buschige, knisternde Haar in seinen ungestümen Händen. Er war außer Kontrolle, Hüfte und Becken in Raserei ihr entgegengehoben, er stieß nach oben, in sie hinein, als er wieder nach ihrem Kopf griff, wieder und wieder, bis er einen Schrei hörte, der von den Zimmerwänden widerhallte, wessen Zimmer es auch war, als Orson Abbotts Leben schäumend aus ihm herausschoß und in sie hinein: sie: wie sie auch hieß: wie ihr Gesicht auch aussah: wer?

5

Er war nicht grausam, sondern pragmatisch.

Wenn nicht immer pragmatisch, dann auf korrekte Verfahrensweise bedacht.

Er verbot ihr, im Krankenhaus auf ihn zu warten, egal wie unauffällig, oder irgendwo draußen in der Nähe, obwohl die Bushaltestelle an der Gratiot Avenue unauffällig war, weil man sie als neutrales Territorium ansehen konnte: Denn schließlich fuhr sie immer mit dem Bus. Und wenn er dann zufällig vorbeikam, wenn ihre Termine zufällig übereinstimmten, ließ er sich dazu herab, mit ihr zu sprechen: »Aber hör zu, Kathleen: Ich verspreche dir nichts.«

Sie durfte sich nicht länger in Teilen des Krankenhauses aufhalten, in denen er Dienst hatte oder wo er wahrscheinlich vorbeikam. Ebensowenig durfte sie sich ihm nähern, wenn er mit anderen zusammen war oder in der Cafeteria, auch nicht, wenn er dort allein saß: »Wenn ich allein bin, dann, weil ich allein sein will.« Zugegeben, er konnte ihr schlecht verbieten, ihn zu *sehen*, wenn sie sich zufällig trafen, aber er wäre sehr wütend, wenn sie ihn anstarrte, wie es ihre Art war; man konnte ihr jedes Gefühl am Gesicht ablesen, wie bei einem Kind.

Er sagte: »Es ist zu deinem eigenen Besten, Kathleen: Ich will nicht, daß du verletzt wirst.«

Sie nickte. Sie verstand. Sie warf Orson Abbott schnell einen scheuen Seitenblick zu (einmal, in Abbotts Auto, als er durch ein Labyrinth von Einbahnstraßen kurvte, irgendwo südlich des Detroit Metropolitan Hospital in der dunstigen Sommerabenddämmerung, er fuhr mit seiner gewohnten Zerstreutheit, als hätte er vergessen, daß er überhaupt am Steuer saß und aufpassen mußte, nicht auf die andere Fahrspur zu geraten, oder er gab so unregelmäßig Gas, daß ihm die Brille von der Nase rutschte und er sie immer wieder nach oben schieben mußte. Seine blasse Haut gab Amphetaminhitze ab, die nach einem fiebernden Kind roch), während er sie von der Seite ansah, ebenfalls seltsam scheu, verwirrt. »Verstehst du? Ich will nicht, daß du verletzt wirst.«

Aufgeregt sorgte sie sich, sie könnte schwanger sein, denn ihre Periode kam nicht und kam nicht und ihr Bauch schien geschwollen zu sein; ja, und ihre Brüste waren empfindlicher als gewöhnlich, auch wenn sie wußte, sie konnte nicht schwanger sein. *Oder? Oh!* Denn Orson Abbott hatte in seiner Pingeligkeit nicht auf normalem Weg mit ihr verkehrt; er enthielt sich ihr vor, aus Angst vor ihr, wie es gelegentlich schien. Manchmal sprach er kaum mit ihr, während sie zusammen waren, und wenn ihre Liebe für ihn in ihrem Gesicht erstrahlte, dann wandte er seine Augen ab oder machte einen seiner drolligen, achselzuckenden Witze und verabschiedete sich. Deshalb traute sie sich auch nichts zu sagen, außer mit den Augen. *Ich liebe liebe liebe dich, Orson, ich würde für dich sterben. Sag mir, was ich tun soll, und ich werde es tun.* Und dann, mitten während eines kleineren Notfalls auf der Station, ein neu eingelieferter Patient, der herumschrie und mit einem Krankenpfleger kämpfte, spürte sie das erste Sickern von Blut in ihrem Unterleib. Also war sie doch nicht schwanger.

Gottes Wille geschehe.

Wann immer Du es wünschst.

Sie träumte: Gott habe bestimmt, daß sie ein Engel der Kranken und der Sterbenden sei. Sie war eine katholische Nonne und trug eine blendend weiße Tracht, bodenlange Röcke und Wimpel, eine hohe, gestärkte Haube, unpraktisch, aber trotzdem schön, und ihre Gebetsperlen am Gürtel; sie schwangen hin und her und klickten wie kaum wahrnehmbare Musik, während sie sich schnell und lautlos von Bett zu Bett bewegte und den Schwachen Gottes Gnade brachte.

Sie träumte: Am dritten Finger ihrer linken Hand war ein Ring! Ein funkelnder Edelstein, wie die Kristallperlen ihres Rosenkranzes, so leuchtend hell, daß sie ihn kaum ansehen konnte. *Oh! Wirklicher als alles Wirkliche.* Als sie erwachte, setzte sie sich verwirrt auf und starrte blinzelnd auf ihre Hand, ihre ringlose Hand, diese rundliche Hand mit den kurzgefeilten Nägeln. Und ihre andere Hand war auch ringlos, denn Schmuck war im Krankenhaus natürlich verboten, und sie hatte sowieso keinen echten Schmuck, nur billiges Zeug, das ihre Haut verfärbte. Sie weinte leise; der Ring in ihrem Traum war am Ende so real gewesen, so erstaunlich wirklich, *oh so viel wirklicher* als alles, was sie kannte.

Er sagte: »Es ist doch verrückt – alle wollen leben. Bei den anderen sieht man sie, die Verzweiflung, die Angst. Es ist so offenkundig komisch, all diese Menschen, zu viele Menschen.« Er gestikulierte übertrieben lässig, während er auf der Gratiot Avenue nach Norden fuhr, »und bei sich selbst kann man oder will man sie nicht sehen.«

Und er fing an zu lachen. Sein jungenhaftes Lachen, das perfekte, gerade Zähne und glänzenden Speichel auf den Lippen sehen ließ, ein ansteckendes Lachen. Deshalb lachte Kathleen ebenfalls vor lauter Freude.

In der Kirche dankte sie stumm; sie betete hinter ihren Händen, die sie vor ihr Gesicht gepreßt hatte. Was sie tat, war Sünde, auch wenn sie es nicht richtig selbst tat, sondern vielmehr zuließ, daß es geschah, sie war froh darüber, daß es geschah. *Oh! Noch mal noch mal noch mal.* Und sie öffnete die Augen weit und merkte erschrocken, ja, sie war noch in der Kirche; die fremde Gemeinde auf den Kirchenbänken um sie herum, der neue Pfarrer auf der Kanzel (denn Reverend Deck, der Kathleen so gern gemocht hatte, war aus Detroit fortgegangen, um woanders ein Amt anzutreten), der mit warnend erhobenem Zeigefinger predigte. Sein ernstes Gesicht über dem weißen Kragen erinnerte sie an einen dieser kleinen Fruchtkuchen in gerüschtem Papier. Man kaufte das Küchlein im Laden an der Ecke und aß es mit der Hand, das Wasser lief ihr im Mund zusammen, und sie war dankbar für das Leben an sich, für solche Sinne wie Geschmack und Geruch und Sehen und Hören. *O Herr, ich danke Dir: von Dir strömt aller Segen.* Die Verehrung leuchtete in ihren Augen, deshalb sah der Pfarrer, Reverend Peppler, sie immer wieder an.

Die anderen Helferinnen wußten, daß Orson Abbott Kathleen liebte, und waren eifersüchtig. Sie verfolgten sie mit ihren Blicken. Lächelten hinter vorgehaltener Hand.

Und Midge: Midge, von der sie geschworen hätte, daß sie ihre wahre Freundin war, trieb sie im Schwesternzimmer in eine Ecke und sagte, sie habe ein paar Dinge über Kathleen gehört, die ihr irgendwie Sorgen machten. Einer der Assistenzärzte, oder? Einer dieser Scheißkerle? »Sei bloß vorsichtig«, sagte Midge und meinte VORSICHTIG, und Kathleen wandte sich ihr mit so wutverzerrtem Gesicht zu, daß die Frau zurücktrat, als sei sie geschlagen worden und später den anderen erzählte, sie hätte nicht erschrockener sein können, wenn die Decke eingestürzt oder die Erde erbebt wäre. »Mein Gott, könnt ihr euch das vorstellen? Ausgerechnet Kathleen?

Sah mich an, als wollte sie mich umbringen!« Deshalb dachte Kathleen damals zum ersten Mal, sie müßte vielleicht das Krankenhaus verlassen, wo sie so glücklich gewesen war. Aber es gab immer offene Stellen für erfahrene Schwesternhelferinnen, und Orson Abbott wäre es egal, wo sie arbeitete. Wahrscheinlich wäre er sogar erleichtert, wenn sie in einem anderen Krankenhaus arbeitete, denn dann konnten sie sich ohne Angst vor Klatsch treffen. Und vielleicht wäre sie sowieso bald verheiratet, verheiratet und mit dem ersten Kind schwanger *und müßte nie wieder arbeiten: dann werden sie schon sehen*. Aber trotzdem hatte sie geweint. All die vielen Monate lang hatte sie gedacht, diese Frauen wären ihre Freundinnen.

Donnerstags war ihre Schicht um zwanzig Uhr zu Ende, doch um dreiundzwanzig Uhr kauerte sie noch immer im graffitibekritzelten Bushäuschen, wo sie vor dem Regen Schutz gesucht hatte. Einer seiner Begleiter stieß ihn an, er sah sie und blieb einen langen Augenblick stehen, er starrte sie wortlos an, der Regen durchweichte seine Haare und Kleidung. Dann gingen die anderen weiter, und er kam zu ihr. Sie zuckte leicht zusammen, als sie sein Gesicht sah, aber seine

Hände auf ihr waren sanft; behutsam nahm er ihr Gesicht in die Hände und starrte sie an, als hätte er sie vorher noch nie richtig gesehen, und er streichelte die Haut um ihre Augen. »O Gott, wie lange hast du hier schon gewartet«, sein Mund fing an zu zucken, wie der eines Kindes. »Ich kenne dich: die alles gibt und nichts zurückbekommt; die Beleidigte und die Verletzte. Vergib mir, wenn ich dir dasselbe antue. Ich will es nicht. Kathleen, aber auch ich tue es dir an.« Seine Stimme wurde schwächer, verwirrt und betrübt. Als sie sah, daß die Gegenwart seiner Begleiter ihn nicht störte, schlang sie die Arme um ihn und legte die Wange auf seine Brust. Wie groß er war. *Oh! Wie groß! Seine Arme umschlingen mich, seine geliebte Kathleen.* Und in einem gemeinsamen Anfall von Schwäche standen sie lange, lange Zeit dort.

Sie tranken etwas in einer Kneipe in der Cass Avenue, wo sie wahrscheinlich niemand kennen würde. Manchmal nahm er sich für ein paar Dollar Haschisch mit, angeblich von bester Qualität, aber Kathleen lehnte es ab, es zu rauchen. Sie wolle einfach nicht, sagte sie. Vielleicht befürchtete sie, ihre Vorgesetzten könnten es morgens an ihrem Atem bemerken; oder ihre Augen könnten eventuell erweitert sein oder ihre Pupillen nadelkopfgroß. Er lachte sie aus, aber zwang sie nicht. In diesem Moment nötigten seine Hände sie zu nichts, seine Knie drückten ihre nicht auseinander, auch sein Penis stieß nicht gegen sie. Gleichsam blind tastend suchte er Einlaß und drang ein, doch dann erschauderte sein blasser, dünner Körper sofort; ihm brach der Schweiß aus allen Poren, wenn er kam, und kam, hilflos, wie ein verängstigtes Kind in die fleischigen Halsfalten wimmernd, *oh oh oh oh oh* schluchzend.

Dann konnte Kathleen ihn außer sich vor Glück in den Armen halten, ihn wie einen Schatz in sich festhalten; sie spannte ihre Vaginalmuskeln an, um ihn so lange wie möglich in sich zu behalten, bis das schrumpfende kleine Gummiding wegrutschte und Orson Abbott erschöpft einschlief, sein Mund schlaff und ein Arm vom Bettrand baumelnd, wie man es bei einem Patienten niemals zulassen dürfte; niemals einen Arm oder ein Bein, niemals einen Kopf herunterhängen lassen, oh, niemals. Und nach einer Zeit schlief Kathleen auch, aber nur leicht und oberflächlich, als wage sie es nicht, tief einzutauchen, zu fallen.

Oder: Als sie im Licht der Stadt gingen, das wie

durch das Glas eines Aquariums gebrochen war, ihre Arme um ihre Taillen geschlungen, sagte er leise: »Du solltest über deine Zukunft nachdenken, Kathleen«, nur für ihr Ohr wahrnehmbar; es schien ihn anzustrengen, ihren Namen auszusprechen: »Kathleen«. Als wäre er ein exotischer Geschmack für seine Zunge. Er sagte: »Erst einmal solltest du dir einen besseren Job suchen. Laß dich nicht länger von denen ausbeuten. Dich kolonisieren. Das Krankenhaus ist ein Geschäft, ein kapitalistisches Unternehmen. Die sind auf Profit aus, und sie behandeln Krankenschwestern wie Scheiße. Ganz zu schweigen von Schwesternhelferinnen und Krankenpflegern, Hausmeistern, Sekretärinnen. Alle, bei denen sie es sich leisten können, sie wie Scheiße zu behandeln. Die jungen Fachleute eingeschlossen, ich meine mich. Aber in meiner Versklavung liegt noch ein Sinn, auch wenn ich demnächst mit Pauken und Trompeten rausgeschmissen werde.« Er fing an zu lachen, oder hustete er? Orson Abbott war an diesem Abend entsetzt Zeuge eines Todesfalls auf dem Operationstisch geworden, plötzlicher Blutsturz, als hätte jemand in einen Ballon gestochen, der Patient hatte sofort einen Schock erlitten und verstarb trotz unermüdlicher Rettungsversuche innerhalb von Minuten.

Doch Orson Abbott wollte jetzt nicht daran denken; er erschauderte und verstärkte seinen Griff um die Taille dieser kleinen, untersetzten, jungen Frau: »Vergiß mich. Es geht um dich, du bist das Thema: Was denkst du?«

Kathleen murmelte etwas Vages und fast Unhörbares.

Orson sagte: »Was? Wie war das?«

Kathleen antwortete zögernd: »Ich – schätze, ich empfinde das nicht so. Ich –«

»Empfindest was nicht so?«

»Ach – daß das Krankenhaus mich behandelt wie –«

»Wie Scheiße?«

»Ach –«, sie holte kräftig Atem. »Ich empfinde das nicht so, Orson. Ich liebe meine Arbeit, ich – ich bin stolz auf meine Arbeit.«

Sie sprach nicht störrisch, auch nicht kokett, sondern aus einfacher, unnachgiebiger Überzeugung.

Und wieder lachte Orson Abbott, und seufzte, nicht mehr spöttisch, sondern resigniert. Er sah diese junge Frau an, der die Farbe ins Gesicht gestiegen war, sie hatte kleine, leuchtende Augen, sie arbeitete hart. Für einen Stundenlohn, der fünfzehn Cents über dem Mindeststundenlohn lag, den der Kongreß der Vereinigten Staaten ein paar Jahre zuvor festgesetzt hatte und der damals schon unangemessen war. Immer die Ausgebeuteten, die Unterschicht des imperialistischen Amerika. Tausende schlecht ausgebildeter junger Männer wurden wie Vieh verschifft, um in einem wahnsinnigen »Krieg« in Vietnam zu sterben, während privilegierte junge Männer wie Orson Abbott nicht nur verschont blieben, sondern sich auch noch weiter qualifizieren konnten. Die reinen Herzens sind, die keine Bedingungen stellen, die Sanftmütigen und die Lahmen und die Schwachen und die Blinden und die, die nach Gerechtigkeit hungern, werden nicht die Erde besitzen, sondern lediglich Dreck in den Mund geschaufelt bekommen.

Orson sagte grob: »Natürlich. Du solltest auch stolz sein. Du bist eine verdammt gute Schwesternhelferin.«

Später am Abend fügte er hinzu: »Trotzdem. Du könntest doch auf die Krankenpflegeschule gehen. Dich ein bißchen aufwerten.«

Sie lächelte erschreckt, und fing an, den Kopf zu schütteln, wie es ein Hund tun könnte: »Oh – oh, nein, ich – ich wäre nicht clever genug für die Krankenpflegeschule.« In ihre Stimme schlich sich ein bittender Unterton: »Oder?«

Er fragte sie, was ihr Leben sei, und sie schien völlig verwirrt durch die Frage zu sein: Leben?

In dem Zwei-Zimmer-Appartement in dem Holzhaus an der Second Avenue, von dem die Farbe abblätterte, am Bordstein eine Reihe Ulmenstümpfe, stand oben in ihrem Schlafzimmer die Kommode, auf ihr ein Zierdeckchen. Und darauf, ordentlich zu einem Dreieck arrangiert, ein Rosenkranz aus billigen Plastikperlen, gewunden wie eine kleine Schlange; ein retuschiertes, rührseliges Foto des verstorbenen Präsidenten John F. Kennedy; in genau dem gleichen billigen Goldrahmen ein Bildnis von Jesus Christus am Kreuz. Bluttröpfchen rinnen von der Dornenkrone auf der Stirn, schwermütige italienische Augen blicken unter schweren Lidern wie in erotischem Schlummer. »Ich wußte nicht, daß du katholisch bist: Bist du es?«

Nein, sie war nicht katholisch, schien verlegen angesichts der Frage.

Nach einem Augenblick sagte sie, daß sie manchmal zur Methodistenkirche in der Woodward Avenue gehe, Sonntagsgottesdienst um neun Uhr morgens. Ja, sie glaube an Gott, erzählte sie ihm feierlich, und an Jesus Christ, seinen eingeborenen Sohn: »Es gibt keinen anderen Weg.«

»Keinen anderen Weg?«

»Nein. *Nein.*«

Er fragte, ob ihre Familie in Detroit lebte. Es war das erste Mal in all den Monaten, die sie sich schon kannten. Er hatte ihr nie irgendwelche persönlichen Fragen gestellt. Deshalb vertiefte sich die Farbe ihrer Wangen, sie stammelte schüchtern, war jedoch glückselig, so befragt zu werden. Seine Hände sanft auf ihr, am Rande der Ungeduld, aber sanft. Nein, ihre Familie lebte nicht in Detroit, sagte sie zögernd. Sie lebten oben im Norden, sagte sie, machte eine lange Pause, als wollte sie weiterreden, aber sie tat es nicht. Deshalb fragte er, wirklich neugierig: »Wo genau, ›oben im Norden‹?« Sie lachte nervös, hob ihre kleinen, dicklichen Hände mit den sorgfältig gefeilten, polierten und unlackierten Nägeln hoch und sagte: »Oh, am Nordpol!« Sie kicherte, als würde sie gekitzelt, und verstummte dann. Nach Kathleen Hennessys erstem Versuch, in seiner Gegenwart humorvoll zu sein, verfolgte Orson Abbott das Thema nicht weiter.

Er kniete ungeschickt vor ihr und hatte die Arme um ihre Hüften geschlungen, das Gesicht gegen ihren Bauch gedrückt, ihren warmen, nach Hefe riechenden Schritt. Er drückte und drückte sie, als wollte er sich mit seinen eigenen Knochen der ihren vergewissern, die so tief im Fleisch verborgen und eingekeilt waren, während draußen auf der Second Avenue mit einem Geräusch verwirrter Ungeduld der Verkehr vorbeiströmte, und leuchtende, ineinander verschlungene Lichtstreifen über die Wände des schäbigen, kleinen Schlafzimmers glitten, das nach Talkumpuder und dem scharfen keimtötenden Mittel roch, das vom Krankenhaus zum Händewaschen ausgegeben wurde. Er murmelte Worte, die er selbst fast nicht hören konnte, *Liebe Liebe Liebe o Gott, o Gott*, fiebernd vor Begierde, während sie bei seiner Umarmung zusammenzuckte, sich aber protestlos fügte. Sie, wer immer sie auch war, die da, diese kleine, pummelige Großbrüstige, mit dem süßen Gesicht, Babykuh, Schlampe mit der Seidenmöse, sie fügte sich immer. *O Gott, Gott.* Er drückte sie, als hätte er vor, jetzt das Leben aus ihr herauszupressen, aus ihr, die ihm so heftig das Leben aussog. Sie schwankte über ihm, taumelnd, wimmernd, aber immer noch ohne Protest. Denn wenn er seine Nägel in sie grub, wie er es schon mehr als einmal getan hatte – ja, er grub seine Nägel in ihre Möse – protestierte sie nie. Jetzt war er schnell durch das Dexedrin, das er vor langer Zeit genommen hatte, jetzt schien es in ihm wieder zum Leben zu erwachen, es schoß und schmolz an seinen Nerven entlang; diese harte, heiße, wütende Rute zwischen seinen Beinen, und er halluzinierte längst Vergangenes. Die beiden waren auf dem Boden, er riß an ihren Kleidern, schob ihren Rock hoch, den weißen Nylonstoff, zerriß ihre Unterwäsche, halluzinierte. War es ein Klassenzimmer? Einer dieser Vorlesungssäle mit abgestuften Sitzreihen, die sich vom Podium aus erhoben? Ein Podest und eine Tafel? Und ein Laborspülbecken? An der U-M, wo er sein Grundstudium absolviert hatte und sich über die Semester hinweg zielstrebig auf die medizinische Hochschule vorbereitet hatte, die angesehene Schule, an der Larry Abbott geglänzt hatte. Und da war der Aufsatz »Die Entstehung des Lebens auf der Erde«, zugleich Vorstellung und wirklicher Einblick in die Flut der Phänomene. Als das Chemische sich auf mysteriöse Weise dem Biologischen unterwarf, die Erde Leben erwarb, Wärme, Willen, ein zentrales Nervensystem; aus primärem Wasser-Ammoniak-Wasserstoff-Methan entstanden organische Verbindungen von Aminosäuren, Mononukleotiden, Kohlehydraten: Wie entwickelten sich diese dann zu den langen Polymerketten, die das Leben benötigte, wie denn, wenn solche Formen bekanntlich instabil sind und empfindlich gegen ultraviolette Sonnenstrahlung und Wasser? Trotzdem entwickelten sich die Ketten, in Millionen von Jahren. Und wie konnte sich dann eine so leblose Materie vermehren, replizieren. Was war dann das Prinzip des Organischen, wieso verlagerte sich die Evolution vom Chemischen zum Biologischen? Was für ein Schicksal! *N. B.: Aminosäuren in lebenden Formen sind ausschließlich linksdrehend, alle Kohlehydrate darin sind rechtsdrehend.* Wieso? Frag nicht. Frag auch nicht, warum aus solch bloßer Materie Lebensformen entstanden und diese Lebensformen sich zu immer komplexer verschachtelten Strukturen von Fleisch, Knochen, Nerven entwickelten. Nur um DNA-Stränge zu reproduzieren? Er fing an zu lachen, sein Penis so grotesk geschwollen wie eine Keule, das Gefühl in den Genitalien so stark, daß es fast vernichtend war. Aber immer noch kritzelte er auf seinen Notizblock und schwitzte, dort auf seinem knarrenden Sitz im Vorlesungssaal. *N. B.: Wieso »Ramsch«-Nukleotide in DNA? Zu welchem Zweck???* Kichernd beschloß er, irgendwann später zu fragen, Millionen von Jahren würden vergehen, unermeßliche, das Gehirn auslöschende Millionen, wie die LSD-Jahre des intergalaktischen Raumes in *2001*, wie die erdbemessenen Meilen zwischen diesem Planeten und Tau Ceti, aus dem gehirnlosen Gas-Flüssigkeit-Materie der Biosphäre, wie dann primitive Protozoen, wie dann Wirbeltiere, wie dann Hirnstämme, wie dann *Homo sapiens*, endlich aufrecht, mit Sprache, frag nicht, das Kleinhirn, die Gehirnrinde. *Ich ich ich* stoßen, wozu, frag nicht. Er knetete dieses geschmeidige weibliche Fleisch wie Brotteig. Er rammte sich so tief in sie hinein, daß ihr Hintern begonnen hatte, langsam, zentimeterweise, über die splitterigen Dielenbretter zu rutschen, in welchem Zimmer es auch war. Und er hielt die ziemlich fetten Knie mit seinen eigenen, knochigen weit auseinander; diese Frau lag ausgestreckt und hilflos auf dem Untersuchungstisch, mit gespreizten Beinen, die nackten Füße in Metallsteigbügeln, so daß sie nicht zurückzucken konnte, nicht entkommen. So schmerzhaft, mitleidlos entblößt, ihre Vagina wie rohes rotes Fleisch, dem eine Epidermis fehlte, wie etwas unvollständig Geborenes, ausgestoßen aus dem Uterus. Und da das Schamhaar, ein Stück rauhes Tierfell, er kam, er versuchte zu kommen, sein Herz hämmerte. Ersticken in seiner Brust, in seinem Hals, Schweiß rann in Bächen auf seiner Haut, an seinen Seiten, sogar auf den mageren Oberschenkeln. Je brutaler er sich in sie stieß, desto härter wurde seine Erektion, eine Rute, eine Keule, anscheinend beständig und hart; keine Zärtlichkeit konnte sie auflösen, bis sie anfing, lauter zu wimmern, endlich flehte, nicht mit Worten, sondern mit einem bloßen Geräusch aus ihrer angsterfüllten Kehle, das sich zu einem Schrei steigerte. Noch immer versuchte er zu kommen und konnte nicht, und dann schrie sie. Und dann kam er.

6

Und dann, sie assistierte beim Schrubben vor einer Operation, stand sie am Waschbecken, sie mußte steril sein, mußte schrubben: das 10-minütige Schrubben, Zeit gestoppt um anderen beim Schrubben zu assistieren, Chirurg, Assistenten, OP-Schwester, Schwesternhelferinnen Stumm, eine enge weiße Haube, die ihr Haar bedeckte *Alle Personen sind infiziert, alle nicht sterilen Flächen sind infiziert.* Sie zählte die Tage, an denen sie ihn nicht gesehen hatte (in Wahrheit hatte sie: hatte gesehen: von weitem: er hatte es nicht bemerkt) oder gehört

Sie weinte nicht, sie war stumm sie arbeitete am Schrubbecken, ihr erstes Schrubben vor einer Operation, trotzdem schnell, ohne zu zögern unbewegt, sie folgte den Anweisungen aseptische Technik, Verpackung von (2 Bürsten & 2 Feilen) (2 Handtüchern) (Handschuhpackung) öffnen. Kurzlebige Bakterien auf der Oberfläche der Haut, hartnäckigere Bakterien unter den Fingernägeln (subungual) und in den tieferen Hautschichten in Haarfollikeln in Talgdrüsenöffnungen aber nach minutenlangem Schrubben kommen die BAKTERIEN aus den tieferen Schichten AN DIE HAUTOBERFLÄCHE und das Ergebnis von Bakterienzählungen auf der vorher geschrubbten Haut ist wieder sehr hoch deshalb sterile Handschuhe. Regelmäßige Kulturen, die von den Händen und Armen des Krankenhauspersonals abgenommen wurden. Sie zählte die Tage: Wochen: steckte einen Finger tief hinein bis es weh tat suchte nach Blut, aber sie weinte nicht sie lachte jetzt

Am Schrubbecken in Weiß eingehüllt, eine enge Haube, die ihr Haar bedeckte, während die anderen redeten Sie konnte es in sich fühlen. Es war jetzt fünfunddreißig Tage, ein leuchtendes Juwel

Bürste nehmen, nur hinteren Teil anfassen, nicht die Borsten. Einige Tropfen Reinigungsmittel auftragen: mit Zeitstoppen beginnen Nach einem Schema schrubben Am Daumen anfangen, dann alle Finger Handfläche Handrücken und Arm Beide Hände und Arme mit Bürste Nr. 1 schrubben 2 Minuten lang: gestoppt Dann Bürste entsorgen Hände und Arme abspülen dabei Wasser von Fingerspitzen zu Ellenbogen ablaufen lassen Wassertropfen nicht abschütteln Feile nehmen und subunguale Stellen unter laufendem reinigen Feile entsorgen Zweite Bürste nehmen, Schrubben wiederholen mit Bürste Nr. 2 drei Minuten: gestoppt Nach Abspülen Hände und Arme vom Körper weg hochhalten Zusammengelegtes steriles Handtuch eine Armlänge von sich weghalten aufschütteln eine Ecke über eine Hand legen andere Hand und Arm durch Kreisbewegung trocknen Von Hand zu Ellenbogen vorarbeiten und keine Fläche zweimal behandeln Hände pudern aus sterilem Päckchen Päckchen in Behälter werfen Lasche der Hülle mit rechtem Handschuh aufreißen Mit der rechten Hand Handschuh an gefaltetem Rand halten Gazeeinlagen entfernen Entsorgen Stulpe festhalten und Handschuh überziehen.

Handschuhfinger eng anpassen, um festen Sitz zu gewährleisten

Die chirurgische Wundtoilette erfordert das Entfernen allen infizierten und abgestorbenen Gewebes, was die Wunde vergrößert, mit sauberem gesundem Gewebe, mit frisch beschnittenen Rändern, die aneinandergelegt und verschlossen werden können Der Chirurg unterscheidet gesundes Gewebe von abgestorbenem Gesundes Gewebe ist feucht rosa und fühlt sich fest an Muskel zieht sich zusammen unkontrolliertes Bluten aus beschädigten Kapillargefäßen Abgestorbenes Gewebe ist dunkel und weich, blutet nicht

7

Vierzig Tage schwanger, einundvierzig Tage, sie kannte die Anzeichen und hatte keine Angst, da war keine Furcht in ihr, obwohl sie manchmal, wenn sie spätabends im Bushäuschen wartete, vermutete, daß es gefährlich sein könnte. Die Penner, die Säufer, einnickende Heroinabhängige und der Uringestank, den sie kaum wahrnahm, und die gasförmigen Giftwolken aus den Auspuffen der Detroiter Stadtbusse, die anhielten und anfuhren und anhielten und anfuhren. Doch Kathleen Hennessy bemerkte es nicht; wenn andere sie sahen, sah sie es nicht, wenn sie tuschelten und hinter vorgehaltener Hand lächelten und mitleidig den Kopf schüttelten, sah sie es nicht. Sie dachte an ihren Geliebten. Sie dachte nach, aber nicht darüber, warum er sich nicht mehr mit ihr traf oder sie nicht einmal grüßte; sie hätte nicht darum gebeten, nicht einmal um ein Lächeln. Sie dachte nicht über solche Dinge nach. Ruhig und plattfüßig stand sie da, vom Aussehen her eine reife Frau, eine füllige Figur, ein volles Mondgesicht, mit gesunder Farbe, rosig von der Schwangerschaft, wußten sie es? Die anderen auf der Station? Wußten ihre Vorgesetzten Bescheid? Die anderen Mieter in ihrem Haus? Aber sie dachte nicht an solche Dinge. In Wahrheit überlegte sie, wann es geschehen würde: Wann Orson Abbott erschiene und welche Zeichen sein Erscheinen begleiten könnten. *Sie zählte die Stadtbusse oder die Nummernschilder von außerhalb* oder in der Manteltasche die Perlen von Betty Lous Rosenkranz, den sie jetzt immer mit ins Krankenhaus nahm. *Ich wußte nicht, daß du katholisch bist: Bist du es?*

Er sagte: »Gott. Du solltest nicht weinen. Es verwandelt dein Gesicht in ein Schweinsgesicht – in einen Schweinsrüssel.« Er lachte, er fuhr sich mit beiden Händen durch das stachelige, schweißnasse Haar; er war im weißen Krankenhausdreß, hager, und hatte Angst vor ihr. »Ich meine es ernst: Leute mit Gesichtern wie deinem sollten nicht weinen, es sei denn, sie sind allein.« Sein Gelächter wurde geringfügig lauter, und seine Pupillen zogen sich zu Nadelköpfen zusammen. Kathleen weinte jetzt nicht mehr, und dann drängte er sie und schlug sie mit geballten Fäusten: »Schwein! Schwein! Widerliches Schwein!« Er trieb sie an die Wand zurück, während sie versuchte, Gesicht und Bauch zu schützen. Er hob sein Knie, keuchend, er war wütend, schluchzte fast, so hatte sie ihn noch nie gesehen. Hitze stieg von ihm auf. »Das hast du mit Absicht gemacht, stimmt's? Absichtlich, stimmt's? Schwein!« Doch danach, als er schluchzend auf dem Bett lag, erlaubte er ihr, seinen Kopf in ihrem Schoß zu halten. Sie legte ihm ein nasses, kaltes Tuch auf die brennende Stirn, und er sagte ihr, wie leid es ihm tue, o Gott, wie leid, er sei in Wirklichkeit überhaupt nicht so; er beute keine Frauen aus und auch sonst niemanden, wirklich, er wisse nicht, was über ihn gekommen sei. Es war das Dexedrin, es waren diese Scheißkerle im Krankenhaus, es war sein Vater draußen in Grosse Point mit seiner Millionen-Dollar-Praxis, es war der unsägliche Krieg in Vietnam, der alle beschämte, die in dieser Zeit lebten, eine eiternde und brandige Wunde, die nun nie mehr geheilt werden konnte. Kathleen glaubte zu verstehen, daß Orson Abbott nicht sie verabscheute und auch nicht ihr zukünftiges Baby, sondern diese anderen Faktoren. Daher *werde ich warten: Ich kann warten.* Sie hielt den Kopf ihres Verlobten und dachte an Jesus Christus am Kreuz, der glaubte, sogar sein Vater habe ihn verlassen, der bereit war, alles zu ertragen; sie wußte, es stand so geschrieben.

Es ist so, Kathleen, wir dürfen niemals, niemals den Glauben an uns selbst verlieren, denn Glaube ist alles. Sie konnte sich nicht mehr daran erinnern, wer ihr das gesagt hatte, oder warum.

Aber auch: *Besser du lernst es jetzt als später.* Sie erinnerte sich auch nicht, wer ihr das gesagt hatte, außer daß es schon lange her war.

Also informierte Kathleen Hennessy leise sprechend, aber resolut ihre Vorgesetzten, daß sie vom ersten Januar an nicht mehr arbeiten würde. Sie habe eine neue Arbeitsstelle, erzählte sie ihnen, näher bei ihrer Familie, »an der East Side«. Ihr Mund zuckte ein- oder zweimal, aber sie weinte nicht. Doch sie weinte fast, als Midge sie ganz fest umarmte und sagte, sie würde sie vermissen, sie alle würden sie vermissen. Danach war es nicht mehr dasselbe; sie wußten alle, daß sie wegging. Sie hörte ihre Freundinnen reden und zusammen lachen, und dann verstummten sie, wenn sie näher kam. Deshalb sorgte sie sich, ob sie von dem Geheimnis tief in ihrem Bauch wußten, von ihren schmerzenden Brüsten, dem unsicheren Gefühl am Morgen, obwohl sie sich noch nicht einmal übergeben hatte. *Die Natur bereitet die Mutter und das Baby physiologisch auf dieses große Ereignis vor: Schwangerschaft ist kein ›pathologischer Zustand‹!* Wie konnten sie es also wissen? Wenn sie auch Krankenschwestern waren, wie sollten sie es wissen? In den letzten Wochen hatte sie einen Hüfthalter getragen, um die Schwellung ihres Bauches so klein wie möglich zu halten, ihre weiße Uniform war ein bißchen eng, sooft sie konnte, trug sie einen weißen Baumwollkittel darüber. Wie konnten sie es also wissen?

Sie dachte jetzt nicht mehr unglücklich: *Liebt er mich denn nicht? Will er, daß es stirbt?* Denn sie wußte es.

Sie dachte nicht mehr, während sie heimlich am Rosenkranz fingerte, *Wenn ich zehn auswärtige Autokennzeichen zähle*, denn sie wußte Bescheid.

Und keine überraschenden Peinlichkeiten mehr, weil ihr die Tränen plötzlich kamen, wie damals, kurz vor Thanksgiving, im Second Avenue-Bus um sechs Uhr fünf morgens. *Ich will mein Baby bekommen, es ist mein Baby. Dann bin ich nie wieder einsam.* Ihr Gesicht verzerrte sich sofort, und sie schluchzte bitter, so daß ihr Gesicht wie das eines Schweines aussah. Sie wußte es, aber konnte nicht aufhören zu weinen. Die anderen im Bus starrten sie an, bis eine stämmige Negerlady sich herüberlehnte und fragte: »Geht es Ihnen gut, Herzchen? Hey, Herzchen?« Und Kathleen brachte es fertig, der Negerlady zu erklären, daß ihre Mutter erst am Tag zuvor gestorben sei. Und sie stieg an der nächsten Bushaltestelle aus, obwohl sie noch eine Meile zum Krankenhaus laufen mußte, das würde nie wieder passieren. Denn sie wußte es. *Besser du lernst es jetzt als später.*

Schwesternhelferinnen mit Erfahrung wurden in Krankenhäusern, Pflegeheimen und Privathäusern in Detroit und in den Vororten gesucht. Jeden Sonntag brachte die Zeitung Stellenanzeigen, deshalb hatte Kathleen keine Bedenken, Arbeit zu finden, wenn sie erst soweit war.

Sie hatte etwas gespart. Sie würde ihn nicht um Geld bitten. Sie würde schon zurechtkommen.

Ihr ganzes Leben lang war sie zufrieden, wenn sie sich daran erinnerte, daß sie zurechtgekommen war.

Jetzt, als sie wußte: Sie wußte, es gab keine Hoffnung: dieses Wissen, daß es keine Hoffnung gibt, kann wundervoll sein, und jetzt, wo sie es wußte, würde sie es tun. Das, was getan werden mußte. Denn Kathleen Hennessy war letzten Endes praktisch und methodisch. Nicht romantisch oder verlogen. Nüchternheit paßte am besten zu ihr. Bürsten und Reinigungsmittel. Diagramme. Weißes Nylon, weiße Strümpfe, und weiße Schuhe mit Gummisohlen.

Sie runzelte die Stirn über Schwangerschaftsdiagrammen in *Handbüchern*: der Körper der Mutter; das Baby und die intra-uterinen Strukturen; das Baby und der Geburtskanal; die erste, zweite und dritte Phase der Wehen; die Entbindung; die Plazentaausstoßung. Zweihundertundachtzig Tage war die durchschnittliche Schwangerschaftszeit, aber sie würde den Fötus abtreiben, bevor er Augen, einen Mund, eine Stimme, eine Seele entwickelte, so daß es keine Sünde sein konnte; oder, wenn es doch Sünde war, würde sie selbst es nie so sehen, denn das lag nicht in Kathleen Hennessys Natur. So wie beim Verlassen des Krankenhauses nach Schichtende alle außer den ganz neuen und jungen Krankenhausangestellten aufhörten, daran zu denken, was sie an diesem Tag gesehen oder erlebt hatten, nicht aus Gefühllosigkeit oder Gleichgültigkeit, sondern aus reiner Zweckmäßigkeit. Kathleen war so praktisch veranlagt, daß sie es um November und Dezember 1972 herum nicht einmal ungewöhnlich fand, daß ein vermutlich intelligenter junger Mann wie Orson Abbott, Absolvent der Medizinischen Hochschule der Universität von Michigan und Assistenzarzt am Detroit Metropolitan Hospital, der wußte, daß er sie geschwängert hatte, diese Tatsache einfach vergessen zu haben schien, so wie man vielleicht irgend etwas Belangloses vergessen konnte, eine Verabredung oder eine Veranstaltung, die die Erwartungen nicht erfüllt hat und deshalb einfach aus der Erinnerung gestrichen werden kann: Denn jetzt existierte Kathleen wieder nicht für ihn. Zuerst übersah er sie, als er auf der Treppe zur Cafeteria an ihr vorbeikam, die Augen starr abgewandt und die Lippen geschürzt, eine dünne, unbeschwerte, nervöse Melodie pfeifend, während sie erstarrte und ihre kleinen Augen kleiner und kleiner wurden. Später schien Orson Abbott sie wirklich nicht zu bemerken, besonders, wenn er in Gesellschaft seiner Kameraden war, die, wenn sie Kathleen zufällig begegneten – nicht ihr, sondern einer Krankenschwester oder einer Schwesternhelferin ohne Identität – durch sie hindurchsahen, als sei sie Luft. Und Kathleen fand sich mit dieser Logik ab, fand sie sogar gerecht. *Behandelt Leute wie dich wie Scheiße: Schweinsgesicht, Schweinsrüssel.* Sie wandte sich ab; ihre Würde war zwar angekratzt, aber etwas davon doch noch vorhanden.

Außer: Während der letzten Tage im Krankenhaus bereitete Kathleen sich systematisch, nicht verstohlen, aber unauffällig, und ganz ohne entdeckt zu werden (denn wer sollte ihr mißtrauen), auf das vor, was sie in Gedanken nur als *Es* bezeichnete; unauffällig und ohne entdeckt zu werden, fast unbewußt, tränkte sie mehrere kleine Schwämme mit der Munddrainage eines Hepatitispatienten (ein Schwarzer in den Zwanzigern, heroinabhängig, 1,80 Meter groß und auf fünfzig Kilo abgemagert), trug sie in die Einzelzimmer und die der zweiten Klasse und verabreichte sie den Patienten, wenn die Gelegenheit günstig war, im Trinkwasser, in Nahrungsmitteln, auf Wäsche, in Mundwasser und Zahnpasta. Ob sich die Hepatitis in diesem Teil des Krankenhauses stärker ausbreitete als die üblichen Krankenhausinfektionen, oder ob wenig dabei herauskam, würde Kathleen nicht erfahren. Sie las selten Zeitung. Sie würde in den nächsten Tagen andere, dringendere Dinge im Kopf haben.

8

Ein Messergriff Nr. 3 mit einer Nr. 15-Klinge aus einem kleineren Chirurgie-Set; ein Reinigungsset; ein Handschuhpäckchen; ein Dutzend dicke Wattekompressen und eine Schachtel Tampons; fünf Darvon Tabletten. Und keimtötendes Reinigungsmittel.

Zuerst duschte sie. Wusch ihr Haar schnell, flüchtig, mit medizinischem Haarwaschmittel.

Rasierte Unterarme und Beine, was sie einige Zeit nicht getan hatte. Dann beugte sie sich unbeholfen über die Toilette – unbeholfen wegen ihres schweren Bauches – und rasierte systematisch ihren Schambereich, wobei sie aufpaßte, daß sie sich nicht schnitt; sie spülte die abrasierten Haare weg. Dann bedeckte sie ihr Haar mit einer engsitzenden weißen Baumwollhaube. Dann, immer noch nackt, kehrte sie zur Badewanne zurück, wo sie zuerst im Stehen und dann hockend die Verfahrensregeln für das Schrubben vor der Operation befolgte und die Zeit maß, indem sie laut »Eins zwei drei vier« zählte. Zuerst schrubbte sie Hände und Arme mit Desinfektionsmittel, wie man es ihr beigebracht hatte, dann Oberkörper, Beine, Füße und zuletzt den Schambereich, wobei sie die desinfizierenden Waschregeln befolgte, die sie sich unbewußt eingeprägt hatte.

Sie hatte die Tür ihres fensterlosen Badezimmers abgeschlossen. Sie hatte die Tür ihres Appartements verschlossen und verriegelt.

Im anderen Zimmer hatte sie das Radio mäßig laut auf einen beliebten Detroiter Musiksender eingestellt. Sie hatte die Abtreibung auf einen Wochentag im Januar festgesetzt, am frühen Vormittag, wenn die anderen Mieter in ihrem Haus alle bei der Arbeit wären. Falls sie schwach werden und schreien sollte, würde es niemand hören, selbst wenn ihre Schreie das Radio übertönten oder vom Radio unterschieden werden konnten.

Sie öffnete das sterile Päckchen mit den Handschuhen und streifte sie über. Linke Hand, rechte Hand. Sie bemerkte, daß ihre Hände anfingen, ein wenig zu zittern, aber sie zitterten gleichmäßig.

Nackt in der Badewanne hockend, hielt sie einen kleinen Spiegel unter ihre Vagina und öffnete die Schamlippen weit, um sich zu untersuchen. Sie hatte den Spiegel sterilisiert, indem sie ihn dreißig Minuten in einem Topf auf dem Herd gekocht hatte, und hatte ihn dann darin ins Bad getragen.

Im Waschbecken, in einem anderen Topf, lag ein Dutzend Eiswürfel.

Sie hatte ein paar Minuten zuvor eine Darvon Tablette geschluckt.

Sie hatte angefangen, am Haaransatz zu schwitzen.

Sie untersuchte eine Zeitlang ihren Vaginalbereich und überlegte, wie sie vorgehen sollte. Im Grunde mußte sie die vertrauten *Handbuch*diagramme, die man von der Seite sah, in ein Diagramm in ihrem Kopf verwandeln, das man sowohl von unten (denn die chirurgische Penetration würde von unten erfolgen) als auch von oben (in ihrer Vorstellung kamen ihre Hände von oben) sah. Und da gab es eine weitere Schwierigkeit, nämlich daß die Gebärmutter, der Fötus, die intrauterine Struktur überhaupt nicht, aus keinem Blickwinkel, von außerhalb des Körpers sichtbar waren.

Wie undurchsichtig es doch war, Fleisch. So

fest, so robust, als Kathleen in der schmalen fleckigen Badewanne hockte, die sie mit Bakterizid ausgescheuert hatte, während sie den treibenden Rhythmus aus dem Radio im anderen Zimmer hörte, eine Nachahmung des Kopulationsrhythmus, und auf der Second Avenue das Geräusch des vorbeifahrenden Verkehrs, wie ein unregelmäßiger Herzschlag. *Was zählt, ist das Jetzt.* Deshalb betete sie nicht zu Gott um seine Hilfe.

Der Fötus war vierzehn Wochen alt.

Ja, sie hatte gefühlt, wie er sich in ihr bewegte. Zaghafte Minitritte. Aber die Augen waren noch ungeöffnet.

Sie versuchte nicht zu würgen, als sie sich eine der dicken Baumwollkompressen in den Mund steckte; hielt sie mit den Zähnen fest, mit den starken Kiefern.

Sie nahm den Griff des Messers Nr. 3 mit der Nr. 15-Klinge in die Hand und beugte die Finger, um sich an die wie angegossen sitzenden Handschuhe zu gewöhnen. Sie waren so dünn, daß sie fast durchsichtig waren, aus demselben Material wie Kondome, das leicht zerriß und platzte. Deshalb mußten die Hände darin immer steril sein. Die größte Gefahr war eine Infektion des Geburtskanals, oder vielleicht ein Blutsturz. Doch daran wollte sie nicht denken. Sie zählte »Eins zwei drei vier« und wartete, bis ihre Hand zu zittern aufhörte. Dann öffnete sie die Schamlippen und führte die messerscharfe Klinge aufrecht bis zum Gebärmutterhals und in den Geburtskanal ein, während sie von oben dagegendrückte und vor Überraschung über den blitzschnellen Schmerz aufstöhnte; als hätte sie gedacht, die winzige Kreatur in ihrem Uterus würde ihn fühlen und nicht sie. Ebenso unmittelbar begann ein Bach und dann ein Strom hellen, warmen Blutes zu fließen und machte ihre Beine naß, ihre Füße, die verkrampft gespreizten Zehen, und sie hörte, wie jemand überrascht aufschrie: *Oh! Oh, oh!*, gedämpft durch die Kompresse in ihrem Mund.

Sie entschied jedoch, daß sie das Messer nicht tief genug eingeführt hatte, und schob das blutige, glänzende Instrument ein zweites Mal in sich hinein, drückte sich ein zweites Mal mit dem ganzen Gewicht ihres stämmigen Körpers dagegen, stöhnte, biß fest auf die Kompresse und versuchte nicht zu würgen, als sie eine Welle heftiger Übelkeit überkam. Da war ein blitzartiger Schmerz, und noch einer, ein strahlender Schmerz wie geflochtene Streifen aus Sonnenlicht, die auf die Wand geworfen wurden. *Oh!*

Sie ließ fast das Messer fallen, das glitschig in ihren behandschuhten Fingern lag, als nun das Blut schnell wie Urin zwischen ihren Beinen herausfloß, während sie schwerfällig ihre Haltung beibehielt, schwankte und wie ein Tier hechelte: *Oh oh oh!* nicht verzweifelt, sondern resigniert. Ein drittes Mal preßte sie das Messer nach oben in sich hinein, beinahe wütend rammte sie es nun in sich und ließ es fast in derselben Bewegung fallen, als ihre Eingeweide sich plötzlich lockerten und heiß zwischen ihren Beinen herausströmten. *Oh oh oh!* schrie sie in die Baumwollkompresse hinein, dann fiel sie zur Seite, wurde ohnmächtig, kämpfte ums Bewußtsein, kam wieder zu sich und wußte nicht, ob sie bewußtlos gewesen war. Doch sie war in der Wanne unbeholfen auf die Seite gefallen, das Messer unter ihrem Oberschenkel, so daß sie sich dort ebenfalls geschnitten hatte, aber es schmerzte nicht und blutete nicht stark. Kathleen grinste. Sie biß fest auf das Ding in ihrem Mund, was es auch sein mochte; der Schmerz in ihrem Körper schlug zu wie der Klöppel in einer Glocke, Blut floß in den Abfluß der Badewanne, wie sie es geplant hatte, aber es verwirrte sie, und sie zitterte heftig, so nackt, doch sie schwitzte auch, und sie dachte panisch, daß sie nach dem Schrubben nicht schwitzen sollte; neue Bakterien wurden an die Hautoberfläche gespült, und sie konnte nichts tun, um eine Infektion zu verhindern. Auf einmal tauchten dunklere Blutfäden im Blut auf, dann Gewebestücke. Sie hielt ihre behandschuhten Hände wie ein Gefäß unter sich zwischen die Beine, und plötzlich sah sie das zarte hautlose Ding, den winzigen Fötus, ungefähr so groß wie ihre Handfläche, teils gallertartige Masse, teils flüssig, wie es durch ihre Finger rann, durch ihre Finger sickerte. *Oh oh oh.*

Alle Personen sind infiziert, alle nicht sterilen Flächen sind infiziert. Deshalb hatte sie am Tag zuvor Wasser sterilisiert, indem sie es auf dem Küchenherd gekocht hatte. Sie hatte die beiden Eiswürfelschalen aus dem Gefrierfach ihres Kühlschranks sterilisiert, hatte sie dreißig Minuten und keine Minute weniger ausgekocht. Jetzt preßte sie Eiswürfel gegen ihre Vagina, betäubend kalt mitten im warmen Blut. Wie seltsam es war, auf Eiswürfel zu bluten, und dennoch lag darin eine Logik. Und Kathleen verspürte langsam eine freudige Erregung, trotz der Schmerzen und dem Zittern. Sie spuckte die Baumwollkompresse aus, die von Speichel durchweicht war. Jetzt nahm sie eine der dicken, weißen Binden und hielt sie sich mit zitternden Fingern zwischen die Beine, bis das Blut durchsickerte. Das Blut sickerte schnell durch; deshalb warf sie die Binde über den Badewannenrand, holte eine andere aus ihrer Verpackung und hielt sie sich zwischen die Beine, in wenigen Minuten eine dritte, alle dicken Binden durchweicht und weggeworfen. Sie hatte keine Ahnung, wieviel Zeit vergangen war. Dann kletterte sie vorsichtig aus der Wanne und drückte ungeschickt eine Binde zwischen ihre Beine. Der Anblick der blutbespritzten Wanne nahm sie so mit, daß sie Zeit brauchte, bis sie die Dusche anstellen konnte, um sie wenigstens flüchtig auszuspülen. Dann schluckte sie eine zweite Darvon Tablette, und hatte den Eindruck, daß das Schmerzmittel sofort wirkte, denn sie fühlte sich, als würde sie schweben, als sie ins Nebenzimmer ging, wo die Luft so viel kühler war und eine Radiostimme sie begrüßte, freundlich und vertraut. Sie ging zum Bett, das sie vorbereitet hatte, ein Gummibezug, mehrere Lagen Handtücher; und sie setzte sich vorsichtig auf die Bettkante, hielt die Binde fest und schwang die Beine, die seltsam leicht waren, aufs Bett. Dann legte sie sich zurück, schwebend und lächelnd und schlief: Wachte Stunden später auf und konnte sich zuerst nicht erinnern, was geschehen war, wo sie war. Dann spürte sie die Krämpfe, nicht zu unterscheiden von Menstruationskrämpfen, spürte eine Woge von Blut in ihren Lenden und den Schmerz, jetzt merkwürdig entfernt, ganz klar ihrer, aber entfernt. Also lag sie ganz still und verstand, daß sie in der menschlichen Welt unsichtbar war und es für immer bleiben würde. Und genausowenig war ihr Schmerz, wenn es Schmerz war, und ihr Leiden, wenn es Leiden war, und der Tod des winzigen, hautlosen Dings, das ihr Baby hätte sein sollen, wenn es ein echter Tod war, in der menschlichen Welt von irgendeiner Bedeutung. *Du bist Scheiße: Schweinsrüssel.* Und in Gottes Welt schien es auch nicht besonders wichtig zu sein. Sie fragte sich, ob es noch andere wie sie gäbe, und ob sie voneinander wußten, und von ihrer geheimen Stärke, der furchtbaren, geheimen Stärke derer, die die menschliche Welt unsichtbar gemacht hat. Es war die von der Droge hervorgerufene Euphorie, die Kathleen Hennessy solche Weisheit verlieh, vielleicht würde sie sich später nicht mehr daran erinnern. Oder falls sie sich doch erinnerte, dachte sie womöglich, jemand hätte zu ihr gesagt *Du bist Scheiße: Schweinsrüssel*, und nicht, daß es ihre eigene Seele war, die gesprochen hatte.

Sie hatte stark geblutet, aber keinen Blutsturz gehabt. Sie würde zurechtkommen. Sie bezweifelte nicht, daß sie zurechtkommen würde. Wenn sie sich erholt hatte, würde sie eine Stelle als Schwesternhelferin im Twin Oaks Genesungsheim im Vorort Hamtramck antreten; und dort würde sie bald den Ruf haben, fleißig, klaglos, fügsam und absolut zuverlässig zu sein. Niemand würde sie verdächtigen, bei der Betreuung der Patienten, die ihr anvertraut waren, bewußt Schaden anzurichten, oder auch nur unabsichtlich, wenn zum Beispiel ab und zu ein Tod eintrat. Denn in einer solchen Umgebung ist kein Tod völlig unerwartet. Wenn sie jedoch den Eindruck hatte, aufmerksam beobachtet zu werden, dann würde sie kündigen und eine andere Stelle annehmen, diesmal an der Klinik der Helene P. Olden-Stiftung in Livonia, zwei Jahre später am Hl. Franz von Assissi-Rehabilitationszentrum in Detroit im West Outer Drive. Sie arbeitete in anderen Kliniken und Hospitälern und Privathäusern, während die Jahre vergingen, und sie verflogen schnell, wie in einem Traum, der nicht ihrer war. Wie Wasser, das widerstandslos dem Wasser weicht. *Jetzt wo das Schlimmste erledigt ist, ist da nichts.* Manchmal hatte sie solches Mitleid mit einem ihrer hilflosen Schützlinge, daß sie sich dabei ertappte, wie sie ihm ein Kissen aufs Gesicht drückte; manchmal war es eine undefinierbare und sie jäh überwältigende Wut, die sie dazu brachte; der regungslose Schlaf der Narkotisierten ging in die unerbittliche Stille und Starrheit des Todes über. *Jetzt ist da wieder nichts, wieder* und wieder richtete sie den Toten für die Leichenhalle her, wie man es ihr beigebracht hatte. Zu jener Zeit hatte sie praktisch alles vergessen, was in ihrem Leben diesem Augenblick der Gelassenheit vorausging, außer der Erkenntnis, ja, man hatte es ihr auch angetan. Solche Todesfälle hinterlassen keine Spuren. Nur das Ende eines Lebens: Was Tod bedeutet. Was immer es war, was geschehen war, war geschehen. Und Kathleen Hennessy kam zurecht und würde immer zurechtkommen, unsichtbar, deshalb ausgeschlossen aus der menschlichen Welt der Macht und Autorität und Verantwortung. Also wurde sie als vertrauenswürdige, verläßliche Angestellte geschätzt, die keine Bedingungen stellte. Daher richtete sie fast stumm die Leichen zahlloser Fremder für zahllose Leichenhallen her, mechanisch wie ein Roboter. Sie arbeitete für einen Lohn knapp über der Mindestgrenze und verrichtete auswendig, mit unerschütterlichem Selbstvertrauen und insgeheim befriedigt, bestimmte Rituale, die mit den Toten verbunden waren. An diesem sonnigen Januarmorgen in Detroit, Michigan, in ihrem schäbigen Schlafzimmer mit Blick auf die Second Avenue, lag sie still da und spürte das heiße Blut in ihren Lenden sickern. Der Preis ihrer Freiheit, den sie nicht in Frage stellte. Ihre geröteten Augen waren geweitet, sie atmete fast normal; außer gelegentlich, wenn der Schmerz wie eine Nadel unerträglich den Darvonnebel durchdrang und sie laut stöhnte, anscheinend ohne sich selbst zu hören. Aber sie würde zurechtkommen. *Jetzt, wo das Schlimmste erledigt ist, jetzt.* Das bezweifelte Kathleen Hennessy nicht. Auf ihrem Nachttisch lag in Reichweite der glitzernde Kristallperlenrosenkranz, den ihr vor Jahren jemand geschenkt hatte, wie immer ordentlich arrangiert, mit dem kleinen, rostfreien Stahlkruzifix, richtige Seite nach oben und wie immer gut sichtbar. Außerdem ein Wasserkrug und ein Glas; die drei übrigen Darvon Tabletten auf einem Tuch zurechtgelegt; mehrere Binden; einige Schokozuckerstangen; und *Schwester Eileen geht nach Alaska*, der illustrierte Einband von einer durchsichtigen Plastikhülle geschützt.